À PROPOS DE L'AUTRICE

Virginie DeChamplain est née et a grandi au bord du fleuve, à Rimouski. Ils ne se sont jamais vraiment quittés. *Les falaises* est son premier roman.

Les falaises

VIRGINIE DeCHAMPLAIN

Les falaises

roman

Harper
Collins
POCHE

HARPERCOLLINS FRANCE

83-85, boulevard Vincent-Auriol, 75646 PARIS CEDEX 13
Tél. : 01 42 16 63 63

www.harpercollins.fr

ISBN 979-1-0339-0973-6

OCTOBRE

JE PENSE QUE JE SUIS BRISÉE.

J'ai l'automne à l'envers. En dedans au lieu d'en dehors. Humide, tiède dans le creux des joues. Du vent qui craque dans la cage thoracique.

C'est octobre.

Ma mère est morte et j'ai pas encore pleuré.

IL FAUT QUE JE ME CONCENTRE sur la route pour calmer l'angoisse qui augmente avec chaque kilomètre. J'arrive dans le bout de la 20 où on peut voir le fleuve. Ça me fait toujours de quoi. De voir le fleuve. De se retrouver, lui et moi. Saint-Laurent, mon amour. Saint-Laurent jusque dans l'échine. Les grandes marées qui nous traversent de bord en bord.

Saint-Laurent, ma mère en sirène.

La marée montante a ramené son cadavre bleu. Sa tête fendue. Ses cheveux comme des algues dans le ressac.

J'ai pas pleuré encore. J'ai pas eu le temps. Entre rappeler le policier, puis l'enquêteur, puis attendre. Toute la nuit, attendre. *Cherchez pas plus loin*, je leur ai dit. *Elle s'est lancée dans le fleuve*. Mais il a fallu attendre quand même. Qu'on identifie son corps et qu'elle soit morte pour vrai.

J'ai pas pleuré, mais j'ai été malade plein de fois par exemple. À genoux sur la céramique froide de la salle de bains. Comme si mon corps voulait pas la garder en dedans. Faire sortir tout ce qui reste d'elle.

Rivière-du-Loup. 2 prochaines sorties. Je texte ma sœur d'une main pour lui dire que j'arrive. *Attends-moi dehors*.

On retourne à la maison. L'enterrer. En Gaspésie. Sa Gaspésie. Celle qu'elle s'est tellement acharnée à fuir, courant les yeux fermés dans l'autre direction, qu'elle a fini par manquer de sorties de secours. Et puis un rocher blanc dans la nuit noire. Une gifle de vent dans le haut du cou. Là où c'est tendre et fragile. Là où ça casse sec.

Ma mère en sirène.

Je vais jeter ses cendres dans le Saint-Laurent. Ça lui apprendra.

Je monte le son de la radio au maximum, prends la sortie vraiment trop vite. Je m'imagine partir dans l'inertie du virage, faire des tonneaux jusque sur la grève et rester bien assise pendant que le monde tourne devant mes yeux. Si j'accélère encore un peu, peut-être que je pourrais me rendre jusqu'au fleuve, terminer ma grande course à l'envers, au milieu des eaux, me fondre aux épaves. Dans le creux de ce qui s'éteint, de ce qui est beau et lent et qui a fini de se battre. Je me vois étouffer, la ceinture enfoncée dans la gorge, et rester calme. Comme toujours. Ma plus grande qualité. Mon plus grand défaut. Rester calme. En tout temps, rester calme. Respirer de partout. Pour les autres, pour tout le monde. En photosynthèse, presque. Un sapin du Grand Nord. Des fois j'aimerais qu'il y ait quelqu'un d'autre qui respire pour moi. Rester calme et vouloir imploser.

Mais j'arrive aux feux de circulation. Encore à l'endroit et en vie. Vire à gauche. Lâche un grand soupir quand je pense qu'il reste encore cinq heures et demie de route à faire. Esti que c'est loin. Je l'ai au plus profond, la Gaspésie. Du cul ou du cœur, c'est difficile à dire.

Je jette un regard vers la grève dans le rétroviseur. Mon char à l'envers. Ça m'aurait donné une excuse pour pas y aller.

Je tourne le coin de la rue d'Anaïs, cherche le bungalow des années 1970 qu'elle a voulu retaper avec son chum. Son chum qui, finalement, en a rien à foutre de retaper un bungalow pourri. Rien à foutre du plafond qui coule des fois dans la pièce où Ana garde ses chevalets et ses aquarelles. Ana, son village-relais taillé dans le silence. Sa job de merde, neuf à cinq sur sa chaise ergonomique. Ma sœur qui peint pour pas s'éteindre. Ana qui brille trop pour ce genre de vie là. Ana qui chie de la lumière. Des fois j'ai le goût de la fourrer dans mon sac à dos et de la ramener dans le Vieux-Montréal sale qui grouille, qu'elle se perde dans la foule, qu'elle boive des faces, qu'elle frenche des inconnus, qu'elle fasse l'amour comme elle le mérite. Mais Montréal c'est trop grand trop loin de son chum qui laisse la pluie gâcher ses pinceaux. Ana qui se contente de trop peu. Elle m'attend dehors, son sac à dos posé par terre, un mouchoir dans son poing serré. Les yeux rouges encore. Je prends une seconde pour haïr notre mère. Ana court presque quand je rentre dans son parking, ses talons hauts renfonçant dans la pelouse. Sa robe noire pogne dans le vent. Deux mille piasses qu'elle a rien mis en dessous. Ana les fesses à l'air. Sa version de la rébellion.

Elle ouvre la portière, la claque vraiment trop fort. Son sourire mouillé. Ça fait longtemps qu'on s'est vues.

— Hey, babe.

Elle enfouit sa tête dans mon cou. Sa joue froide contre ma peau.

La dernière fois que j'ai entendu sa voix j'étais à l'épicerie sur l'avenue du Parc. J'ai pas eu le temps de dire « allô » qu'elle lâchait dans un souffle « maman est morte ils l'ont retrouvée dans le fleuve ils pensent qu'elle s'est fait prendre par une tempête est morte esti est morte est morte est morte est morte ». Le reste s'est perdu. Elle parlait en pleurant et j'ai arrêté d'écouter.

— Jé fait dire ses condoléances. Il travaille à soir, il va essayer de descendre demain.

Me semble ouais. Peut-être qu'il travaille même pas, en fait. Probablement qu'il veut juste pas venir. Ça me rend triste pour Ana. Parce que des funérailles c'est pas vraiment pour les morts. Les morts, ils sont morts, ça leur dérange pas que tu sois là ou pas. Les funérailles c'est pour les vivants.

Je démarre. Garde sa main serrée. Le volume de la radio est toujours au plus fort. Ana parle par-dessus la musique qui remplit déjà tout l'espace. Comme si elle pouvait pas supporter le silence entre les tounes. Elle parle de rien d'intéressant, pose des questions juste pour s'ajouter au bruit. En faire partie.

On roule en calant du café jusqu'à avoir mal à la tête, jusqu'à ce que la Côte-Nord s'écarte pour laisser passer le fleuve en entier, jusqu'au point sur la carte qui nous a mises au monde.

On évite le sujet de notre mère tout le long. C'est correct. On est bonnes pour ça.

la bouche pleine de fantômes du sable
dans le cou
debout sur le rocher blanc
Gaspésie fin des terres

LES VAGUES JUSQU'AU PLUS CREUX. Un ressac de nausée. L'air salin comme une ligne de coke.

On a bu du vin rouge en chuchotant comme des adolescentes jusqu'à 4 heures du matin, assises sur le plancher de la chambre d'amis de matante Marie. J'ai les dents pâteuses encore. Ana a la même robe qu'hier. Rien en dessous. Confirmé. En l'honneur de maman qu'elle a dit. En l'honneur de maman, je suis lendemain de veille à ses funérailles.

Deux des frères de ma mère sont passés tantôt. Nous serrer la main, échanger deux trois paroles vides. Ils sont pas restés. L'autre a appelé pour dire qu'il pourrait pas venir. Trois inconnus. Trois coups de vent. Je me rappelle pas les avoir déjà rencontrés.

Il reste que nous. Marie Ana moi.

Ses seules survivantes.

On se tient les trois droites, les bras emmêlés ensemble, les pieds dans les herbes folles. Des tiges sèches me piquent au travers de mes jeans. Marie a les lèvres tellement serrées qu'elles disparaissent. Ses cheveux gris qui frisent en nuage au-dessus de sa tête essaient de s'envoler dans la brise. Ana grelotte en pleurant silencieusement entre nous.

J'ai l'impression que ça me revient de parler, qu'il faudrait que je dise quelque chose, mais je sais pas quoi. Je sais pas quoi dire sur une femme comme ma mère. Je sais pas comment dire. À la place j'écoute. J'écoute le fleuve, sa marée montante ramener des bouts de quai du village voisin, des morceaux de verre et des corps morts. J'écoute ces mêmes vagues qui ont ramené ma mère, j'écoute le sel qui a grugé ses joues, les loups marins qui l'ont frôlée, qui lui ont chanté des chansons pendant qu'elle coulait. J'écoute le gris qui l'a rendue bleue, les algues qui se sont accrochées à sa jupe blanche.

Marie dit que le monde pense qu'elle a glissé. Les enquêteurs ont fait le tour du village, posé toutes les questions. Personne l'avait vue depuis des semaines. Personne avait rien vu.

Ici, personne voit jamais rien.

Ana commence à faiblir au bout de mon bras. Je la tire vers le haut. C'est assez. On s'en va. C'est fini. On en a eu assez.

Ana dépose les fleurs sur la roche ronde où Marie a demandé à un de ses amis de graver le nom de ma mère. Elle l'a fait transporter sur une colline loin de la maison. *Ça va lui faire une belle vue*, qu'elle a dit. Moi je crois que c'est pour mieux garder les fantômes à distance.

On s'en va. Personne a rien dit. Marie nous tient par les épaules. Ses petites mains froides comme des serres douces. Elle nous fait monter dans l'auto, coince une mèche folle derrière mon oreille avant de refermer la porte.

Elle nous ramène chez elle. On reste là depuis qu'on est arrivées hier. Aucune de nous deux voulait vraiment retourner dormir à la maison. La maison toujours debout et fière devant le Saint-Laurent. La maison que je ferai mettre à terre dès que j'en aurai l'occasion.

26 septembre 1968

Je t'écris d'outre-tombe. Ou du moins tu n'auras pas ce journal entre les mains de mon vivant.

Étrange cet élan qui me prend, de t'écrire, de te raconter ta vie et la mienne alors que tu es encore dans mon ventre. J'ai envie de t'écrire à toi, ma première. Mon aînée. Tu seras une fille, je le sens. Ma sœur Annette, qui est un peu sorcière pour ce genre de choses, le dit aussi. C'est la chaleur que tu dégages, la fougue de tes coups de pied. Je te sais déjà animée d'une force qui n'appartient qu'à nous, les femmes.

Je te regarde te retourner sous ma peau, fascinée par le fait que tu grandis en moi. Ta peau à toi n'a jamais connu le soleil ou le vent. Mais ça viendra. Trop vite, ma chérie, tu vas voir. Tu vas voir à quel point le temps et l'histoire nous traversent le corps.

MARIE NOUS REGARDE DE CÔTÉ avec des grands yeux inquiets. Elle pense qu'on la voit pas. Elle s'occupe de nous comme si on avait perdu un bras ou une jambe ou le cœur au complet. Elle avait lavé les draps avant qu'on arrive, nous fait à manger. Je me sens comme Harry Potter quand il va chez les Weasley pour l'été et que Molly trouve qu'il est trop maigre. J'ai le goût de lui dire de se calmer.

Qu'on va bien aller.

Je regarde Ana. Ses yeux de feux de forêt. De rivières qui sont sorties de leur lit. Ses cheveux toujours mêlés. Ses mains qui tremblent subtilement. Je regarde les fêlures dans sa façade, cette façon qu'elle a de marcher avec les épaules trop droites. Comme si elle y pensait à chaque pas.

On va bien aller. J'espère.

Avant de manger, Marie baisse la tête et fait une petite prière silencieuse. Juste un respir plus long que les autres. C'était devenu une habitude. De la laisser prier. Depuis le temps où on s'invitait à souper chez elle, les soirs où il pleuvait et qu'il y avait rien à manger à la maison. Quand notre mère travaillait tard ou qu'elle avait ramené un autre homme qu'on aimait pas. Quand elle nous amenait ici les jours où elle avait besoin d'un break. Mais ça finissait toujours par s'arranger. Par aller faire l'épicerie ou par arrêter de pleuvoir ou par embarrer Étienne ou Jean-Pierre sur la galerie jusqu'à ce qu'il reprenne son pickup et qu'il parte. Marie, qui est en vrai la tante de notre mère, est la seule qu'elle a jamais réussi à faire fuir. Va savoir pourquoi.

Marie prie toujours. Je sais pas qui. Pense pas qu'elle croit en Dieu. Elle prie. Comme un ange gardien ou une fée. La mâchoire barrée. Sa bouche une seule ligne. Ses yeux fermés pris dans ses pattes d'oie. Ses yeux noirs d'oiseau migrateur. Elle prend son respir de prière et avant de commencer à manger elle nous regarde, pose sa main sur celle d'Ana.

— C'est triste, pis j'vais être triste longtemps, mais j'pense qu'elle est mieux là où elle est en ce moment.

Je repousse mon assiette, sors dehors sans manteau, claque la porte. J'ai envie de hurler. De partir à la course. Mais une angoisse féroce me cloue au sol. La nuit me traverse et je la sens pas. Je suis ailleurs de tout mon corps, incapable d'être ici pour vrai.

Je me demande si je suis la seule.

·

Marie vient nous dire « bonne nuit » dans la chambre avec les toits en pente. Elle nous borde, chacune dans notre lit simple. La tête calée dans les oreillers de plume. Marie s'assoit sur le lit d'Ana, lisse le bord de la couette. Passe une main dans ses cheveux laine d'acier.

— Y va falloir aller chercher ses choses, les filles. Demain. Commencer à vider la maison.

On sait, matante Marie. On sait.

Elle soupire, ferme les yeux. J'ai envie de la serrer, de les serrer, mais je sais pas comment. Ana accote sa tête sur le bras de Marie. Il y a un silence de famille.

Marie tapote la tête d'Ana et se lève, resserre sa robe de chambre fanée sur ses seins encore fiers. Ses pieds nus font craquer le plancher. Ana vient se glisser dans mes couvertes dès que Marie a tourné le coin de l'escalier. On dort en sardines comme dans le temps.

Elle fredonne un air qui me dit vaguement quelque chose. Son nez froid dans mon cou.

Comme dans le temps.

— ON Y VA-TU ?

Je réponds pas. Non, je veux pas y aller. Je suis pas prête. Je serai jamais prête pour ça. La maison où elle entrera plus jamais.

Des fois j'aimerais ça me rappeler des choses que je me rappelle pas. Comme ma naissance. La première chose que j'ai vue. La première chose qui m'a fait rire. Qui m'a fait pleurer pour vrai. La première fois que j'ai eu mal. J'aimerais ça aussi avoir pris une photo mentale de moi pendant des moments importants pour pouvoir me les rappeler quand je vais être vieille. Je prends pas la peine de me souvenir de moi. De quoi j'avais l'air en dedans quand je suis tombée en amour. À quel âge j'ai eu peur de mourir pour la première fois. Et toutes les autres. Les fois où je me suis perdue, les fois où je suis partie, celles où j'aurais voulu rester.

Je prends une photo mentale de moi. Maintenant. Je cligne des yeux une seconde de trop. Ma face blême qui a passé l'été à travailler à l'intérieur. Mes cernes de fille qui a plus le goût. Mon linge trop grand et l'intérieur de mon corps qui fond liquide autour de ce qui crève dignement. Ana collée à mon bras. Serrée proche pour pas trembler trop. Une photo pour me rappeler nous deux. Nous deux devant la maison de notre mère. Sa maison qui grince bleu et blanc même quand y vente pas. Sa maison qui craque jusque dans le ventre.

Les grandes fenêtres me regardent, attendent que je rentre. J'ai envie de leur lancer des roches. La mauvaise herbe a pris le contrôle. On dirait que l'endroit est abandonné depuis des années déjà. J'entends le fleuve ronger la crique en bas de la colline qui coupe à pic, s'étaler sur les écueils comme un amoureux.

Marie est restée à côté de son char. Elle s'allume une cigarette.

— Ouais, vas-y.

Ana ouvre la porte. C'est pas barré. C'était jamais barré.

La porte grince sur ses gonds, va taper dans le mur. La charpente tremble. J'entre, laisse Ana sur la galerie. Je cligne des yeux pour prendre des photos de la lumière grise. Du vide triste. Des vieux meubles en bois et de la poussière. J'avance dans l'écho de mes pas, traverse le salon vers les rideaux fermés. J'avance et me dis que j'aurais dû en prendre. Des photos. Des photos des soirées en bobettes dans le salon. Avec ses longues jupes et Johnny Cash. Des histoires qui finissaient pas, collées autour de la chaufferette portative, des coccinelles qu'on laissait rentrer en novembre. Des photos de nos bonnes années. Des journées où ça allait.

J'ouvre la porte qui donne sur la galerie.

Je suis debout au-dessus du monde. Au-dessus du Saint-Laurent tout ouvert. Les vagues dans la crique s'écrasent l'une contre l'autre. Les embruns éclaboussent jusqu'ici. J'ouvre la bouche, tire la langue. L'eau goûte la mort. C'est là qu'elle s'est échouée. Déposée par le ressac. Marie a dit que c'est le facteur qui l'a trouvée. Le courrier s'accumulait, son char était dans la cour. Il a trouvé ça bizarre. Il a cogné, il est entré. C'était pas barré.

Port-au-Prince en décembre
mes vingt ans dans un bar sous l'averse
personne pour me parler du temps
celui qu'il fait ou celui qui passe
lourde et légère à la fois

LA TROISIÈME MARCHE DE L'ESCALIER qui mène à l'étage grince. Faut sauter par-dessus sinon ça résonne jusque chez le voisin. Jusqu'à la colline d'à côté. Apprentissage de mes quinze ans et de mes escapades nocturnes.

Encadrés sur le mur jusqu'au deuxième, des visages en sépia de tous ceux qui ont un jour vécu ici. Un après-midi d'hiver où on avait rien à faire, ma mère avait sorti des Sharpie et on avait dessiné des yeux qui louchent et des moustaches aux photos ancestrales. Elle s'était appliquée avec une sorte de rage à dessiner des cornes sur sa mère à elle. À ce qu'il paraît, celle-ci serait morte quelques heures avant que ma mère débarque à la maison pour lui annoncer qu'elle était enceinte de moi.

Je l'ai pas connue, ma grand-mère. Mais elle avait l'air d'avoir un esti de caractère.

En haut de l'escalier j'entre comme une étrangère dans ma chambre d'ado. J'ouvre la fenêtre. C'est mon premier réflexe partout, tout le temps. Ouvrir la fenêtre. Localiser la sortie de secours. Au cas où.

Je souris triste.

Les murs sont tellement remplis qu'on en voit pas la couleur. Mes posters des Beatles, de Radiohead, probablement Enya dans le lecteur CD, mes cartes postales, du plafond au plancher des cartes postales. Aucun message aucune adresse, des cartes de moi à moi, des moments figés des villes qu'on visitait. Une carte pour chaque ville où on s'éparpillait un peu plus.

Ma mère aimait ça, partir. Elle aimait partir le plus loin possible. Toujours plus loin.

Ça la rassurait, trouver le chaos ailleurs. S'assurer qu'on existe encore à l'autre bout du monde. Elle nous a trimballées dans plus de gares de quais de ports que je peux compter. Elle nous faisait l'école n'importe où, sur un coin de table de café français ou dans une cabine de train qui traversait des rizières sri lankaises. C'était étourdissant. Grandiose tranquille. On était des enfants sac à dos. Ionisées. En constante fusion défusion. Jamais complètement quelque part.

Je pense qu'à toutes les fois on manquait ne pas revenir, mais quelque chose la ramenait toujours ici, dans sa maison qui part au vent, dans la crique où on est nées. Et on finissait les trois jetlagged dans son lit trop grand qui tout d'un coup était juste de la bonne taille. Chez nous comme des invitées. Essoufflées, mais déjà prêtes à repartir.

Je sors une boîte à chaussures de la garde-robe, commence à ramasser les cartes. Je lance tout pêle-mêle dans la boîte, le sang engourdi. Des pas montent l'escalier, font craquer la troisième marche.

Je referme la boîte sur une image de Buenos Aires. Des favelas. J'ai huit ans. Je tiens serrée la carte postale que je viens d'acheter au duty free. Je l'avais presque oubliée. Ma mère roulée en boule sur le plancher de l'aéroport. Elle crie. Ou elle pleure. Les deux je crois. On dirait qu'on entend son âme qui se déchire. Les gens s'accumulent autour de nous. Une vague humaine nous encercle. Ma mère et moi en plein centre. Je vois plus ma sœur. J'ai peur qu'elle se soit fait avaler par la marée d'yeux et de mains. Et ma mère hurle en chien de fusil et je sais pas quoi faire. Personne bouge. Les gens murmurent même pas. Les avions ont arrêté de décoller, ils annoncent plus rien dans les haut-parleurs. On est les deux seules ensemble dans le cocon d'inconnus. Il y a que ma mère pour rompre le silence. Comme si ses cris avaient arrêté la Terre de tourner.

Ana cogne sur le cadre de porte.

— On commence à emballer des trucs, viens-tu ?

Je botte la boîte jusque dans la garde-robe.

— Ouais. Ouais, j'arrive.

On fonctionne par piles. Ce qu'on garde ce qu'on jette ce qu'on donne. On jette beaucoup, garde presque rien. C'est pour le mieux je crois. Y'a quelque chose qu'il faut briser. Un bruit de petit os qu'on casse. Une rengaine triste sur le cœur à enfermer dans un sac poubelle.

Marie pleure en silence des fois. Ana aussi. Moi j'ai des allergies à cause de la poussière. Y faut que je sorte respirer des grands coups d'air salin pour me déboucher les sinus. Dans ces moments-là, où je suis toute seule sur la galerie, essoufflée, il me prend toujours un peu l'envie de sacrer le camp, le nez plein de morve, les yeux pleins de vent. D'embarquer dans mon char et de remonter à Montréal. Partir en courant. Mais je pense à Ana qui sanglote devant des vieilles listes d'épicerie et je peux pas. L'écriture de ma mère. *Des carottes, de la crème glacée.*

Je retourne en dedans, continuer à déterrer les années. Empaqueter les squelettes de sauterelles et la porcelaine que mon arrière-grand-mère a reçue à son mariage. Les albums photos qui sentent le moisi. Un chaudron en fonte que j'ai manqué échapper sur le pied d'Ana. Des pantoufles tricotées, des chemises qui ont l'air d'être faites en rideaux.

Sur le cadre de porte du salon une dizaine de noms d'enfants tracés au stylo se pourchassent, se rattrapent, finissent par disparaître. Ça par contre ça s'enferme pas.

J'ai l'impression brûlante de découvrir l'histoire pour mieux l'effacer. Son histoire, mon histoire. Celle de tout ce qu'il y a eu avant nous. Je me surprends à chercher l'élément déclencheur. Ce qui l'a fait craquer, fendre sur toute la longueur. La brèche par laquelle la fin s'est infiltrée. Mais je crois qu'au fond j'aime mieux pas savoir.

ON RENTRE SOUPER CHEZ MARIE, éreintées. Elle nous réchauffe la même chose qu'hier au micro-ondes. Ana chiale. Elle a mal aux pieds. Un nerf de pogné dans le cou. Il va falloir qu'elle appelle sa job pour leur dire qu'elle va devoir rester plus longtemps, parce que comme ça s'annonce, on en a pour un bout. Jé est pas descendu. *Come on, ma mère est morte.* Marie lui flatte le dos.

Ma bouche parle plus vite que mon cerveau.

— Je vais finir. Rentre à Rivière-du-Loup.

Elles se retournent vers moi.

— Je vais rester vider la maison. Ça me dérange pas. Je peux avancer mes contrats d'ici. Ça me fait du bien d'être sortie de Montréal. Plus de bien que j'aurais pu l'imaginer.

Je sais pas pourquoi je dis ça. J'ai pas réfléchi et c'est ça qui est sorti de ma bouche. Je veux pas rester. Je veux retrouver mon smog mon appart minuscule mes amis bizarres mon bureau dans le centre-ville. Si c'était juste de moi, on pourrait lui passer dessus avec un bulldozer cette esti de maison-là, tout lancer dans le fleuve et faire prendre le feu dans ce qui reste. Raser tout comme après une pandémie, pour être sûr que ça revienne pas.

Mais Marie met sa main sur la mienne et Ana vient les yeux pleins d'eau.

Ah shit.

•

Ana s'est acheté un billet de bus pour demain. Probablement qu'on se reverra pas avant Noël. Si on se voit à Noël. Ça me fait un trou. De savoir qu'elle s'en va. J'oublie trop souvent comment elle me fait du bien en dedans. Surtout que maintenant, c'est plus qu'elle et moi. Que nous deux.

Elle grimpe dans mon lit. Son nez dans mon cou.

— T'aime.

— T'aime.

Notre peau sent l'eau salée.

ANA HUIT ANS. MOI DIX. Notre première vraie rentrée scolaire. Je suis grande. Ana passe pour une élève de maternelle. On est dans une année en dessous de notre âge parce qu'on a poché les tests de mise à niveau d'école à la maison.

Cour d'école, lundi de septembre.

La main d'Ana délicate dans la mienne, facile à briser. Les autres enfants ont arrêté leurs jeux pour former un cercle autour de nous, pour nous regarder en silence. La poitrine d'Ana se soulève inégale comme quand elle va pleurer. Je serre sa main plus fort. On se fait mal, mais on se serre plus fort. Je la tire en avant. On fend le cercle fend les eaux vers la porte. On fend la cour, inatteignables.

Je m'arrête à mi-chemin, me retourne vers la petite foule immobile encore. Un ballon solitaire roule à mes pieds. Je le botte de toutes mes forces. Il va taper dans le fond du but de soccer de l'autre côté du terrain.

Je les regarde sans rien dire. Je respire avec tout mon corps. Je me trouve épeurante. On continue vers la porte.

La cloche sonne. On est déjà en dedans.

4 décembre 1980

J'attends les grandes marées, avec leurs bourrasques qui brassent le corps au grand complet. Elles tardent cette année. Et on dirait que vous les sentez. Vous avez passé la soirée à courir dans les escaliers et à vous chamailler.

Je vous ai laissé faire. Je suis restée dans la cuisine en silence, en espérant que vous oublieriez ma présence. En espérant qu'aucun de vous ne se mettrait à hurler mon nom. Mais non, mon nom n'existe plus. Plus personne ne s'en souvient. Je suis maman maintenant. Maman ! Maman la guérisseuse, la cuisinière, la couveuse, maman la disciplinaire, la couturière, la maîtresse. Maman qui attend. Qui attend que sa vie passe, qui la regarde passer.

J'attends les grandes marées. J'attends qu'elles tombent et qu'elles vous calment. J'attends que vous soyez tous au lit pour sortir dans la nuit, ouvrir grand les bras dans la tempête et hurler mon nom dans le vent.

Claire. Mon nom est Claire.

On a accompagné Ana à la gare, Marie et moi. Je l'ai serrée plus fort plus longtemps que d'habitude. On l'a regardée partir, toute petite sur son siège.

Marie voulait m'aider à finir la grande besogne, mais je lui ai dit que j'étais correc', que je voulais pas la déranger plus qu'y faut, que je lui ferais signe si j'avais besoin, de pas s'inquiéter. Elle est rentrée chez elle. En vrai j'en pouvais juste plus de ses yeux tristes qui me suivaient en attendant que je fonde ou que je me fasse mal ou que je manque d'air.

J'ai laissé ma valise dans la cuisine, près de la porte pour pas m'installer trop. J'avais pas envie de dormir dans ma chambre d'ado. J'ai poussé le matelas dans l'escalier pour le mettre en bas dans le salon aux fenêtres ouvertes, en plein centre comme une île. J'ai dormi sur l'île, dans l'île entre les murs, toutes les sorties de secours en vue. J'ai rêvé qu'elle venait me chercher, qu'elle descendait du plafond, sa jupe blanche pleine de bourrasques. Elle avait les mains tendues, un sourire que je lui connaissais pas. C'était ma mère, c'était elle mais pas elle en même temps. Elle venait me chercher. Puis une autre. Elles étaient deux. Je suis restée debout au milieu de mon île à les regarder, diaphanes, et terriblement belles. Elles se tenaient la main, me tendaient l'autre. J'ai déplié les doigts, à leur rencontre. Mais au moment où nos peaux se sont touchées, tout a implosé.

Je me suis réveillée en sursaut dans le noir, toutes les couvertures par terre. J'ai plaqué une main sur ma nuque. L'impression d'avoir le cou mouillé. Le reste de la nuit assise en indien dans le lit, les fantômes de ma mère et de son inconnue contre mon dos.

LE SOLEIL SE LÈVE ROSE DANS LA BRUME. La journée va être longue. Je m'étire dans le salon. Nue. Pleine de peaux froides. De peaux qui m'appartiennent pas. De peaux que j'ai récoltées au fil du temps. De baise en baise de foule en foule. De peaux qui me tiennent serrée, qui m'empêchent de déborder. Carapace fortifiée. Je me fais un café toujours aussi nue, vais m'asseoir sur la galerie dans le matin presque chaud pour octobre. Les fesses sur la chaise berçante où ma grand-mère est morte. Crise cardiaque un soir de grande marée. Ça s'est fini comme ça. Seule devant l'écume. Je l'imagine, ses cheveux longs comme ma mère mais gris comme Marie. Son corps fragile qui a été fort un jour. Sa robe faite en rideaux.

Une famille de rorquals s'amuse au loin. Leurs ailerons se chamaillent la surface, comme une danse. L'un d'entre eux me montre son flanc, lève une nageoire. Il me salue. Je me lève et lui renvoie la main. Les rorquals crachent quelques souffles, continuent leur route. Je me rassois, me cale contre le bois rugueux, les jambes écartées. Le Saint-Laurent dans le creux. Je respire jusque dans le bas-ventre, regarde l'air qui entre et qui sort, glisse mes doigts dans le mouillé. Je reste là. Bien là. Dans le brumeux entre mes cuisses. Je me touche dans le levant.

Je finis mon café, regrette de pas avoir eu de whisky à mettre dedans. Je remonte mes cheveux en chignon. Je rentre à l'intérieur pour ramasser les restes de ma mère.

La journée va être longue.

le blizzard dans les vitres et son corps
par terre dans ma bouche son ventre
et les cuisses humides de la tempête
dehors et la tempête en dedans ouverte
dans mes mains

il a mis un vinyle que je ne connais pas

et je crois que ça aurait été un bon
moment pour mourir

NORDFJORDEID, 1991

LES BOÎTES S'ACCUMULENT, mais les armoires débordent encore. Quand j'étais petite les armoires débordaient pas autant il me semble. Elles viennent à bout des sacs poubelle et de ma patience.

Je laisse tout là. Mon île seule au milieu des piles de boîtes de CD, de photos de voyage que j'ai pas envie de regarder, mais que je vais peut-être pas jeter. Je ferai le tri avec Ana à Noël. Ou l'été prochain.

Je mets une veste, des jeans, décide de pas prendre mon char pour aller acheter des sacs poubelle. Reprendre mon souffle sur les trois kilomètres de route de terre jusqu'au cœur du village. Jusqu'à la rue un peu plus longue et large que les autres, au creux des collines où les gens aiment être ensemble.

Je sors, fais le tour de la maison jusqu'à la remise à vélos, espère que mon vieux bécycle rouge fait encore l'affaire. Le bois de mer qui tient la cabane est tellement pourri qu'il fait des trous. Je donne un coup de pied dans la serrure rouillée orange qui part presque en poussière. Mon vélo rouge a dû être donné ou volé parce qu'il reste juste le petit vert qu'Ana avait acheté avec son argent de fête de huit ans et celui de ma mère.

Je réalise que je me souviens pas de la dernière fois que j'ai parlé à ma mère. Que j'ai pris de ses nouvelles. Je me suis nourrie à la rage depuis que je suis partie de la Gaspésie. Et là j'ai plus rien à haïr. Que la culpabilité de pas avoir appelé, de pas être descendue à Pâques ou de pas lui avoir envoyé de fleurs à sa fête qui me ronge comme la houle.

Je prends son vélo bleu poudre, sors de la cour, roule sur la route de terre avec le vent dans le dos, le fleuve à ma gauche. Je roule dans le ciel gris, roule dans les sillons des pluies du printemps passé. Je roule jusqu'au village, dans le paysage qui reste inchangé, qui changera jamais. Les vieux pickups parkés croche. Les chiens laissés lousses. Les maisons de pêcheurs qui délavent au soleil. Les boîtes à malle en cages à homard. Les enfants qui jouent au hockey dans la rue. On dirait les mêmes pickups, les mêmes chiens, les mêmes enfants qu'avant, quand je rentrais avec le soleil à seize ans, remontais le chemin après avoir passé la nuit à boire des Smirnoff rouges dans un garage et à faire semblant de fumer pour impressionner mes amis plus vieux. Je fais juste retomber dans la photo. Me réveiller et réapparaître. Comme si les dernières années avaient pas existé.

La route devient de l'asphalte. Les maisons se collent les unes contre les autres. Le centre-ville. Les façades des magasins ont changé un peu. Ou c'est peut-être ma mémoire qui se souvient mal. Je cherche la quincaillerie ou l'épicerie, me demande si c'est ce coin de rue là ou l'autre d'après. À la place je m'arrête devant le bar, le néon du R qui s'étouffe. J'ai soif.

Je laisse mon vélo dans l'herbe jaune à côté de la porte. Pas stressée que personne parte avec. La porte est lourde, comme pour garder la lumière dehors. Mes yeux mettent quelques secondes à s'ajuster au contraste entre l'après-midi blanc et les murs en bois sombres. La place est éclairée par des lampes à l'huile. Les quatre barbes grises qui jouaient au pool dans le fond me fixent, immobiles. Je leur fais un petit signe de tête, un sourire gêné.

Le monde continue. Je m'installe au comptoir. Juste un verre pour la route, pour supporter la journée. La barmaid sort du back-store presque en courant.

— Allô !

Ses cheveux comme un automne qui brûle. Son visage de renard. Un peu farouche, comme mal apprivoisée. On aurait dit que son corps était balayé par le vent. Une tempête au milieu du bar. On aurait dit qu'elle dansait

46

même si elle était juste là, debout devant moi. J'aurais mis cent piasses que sa peau goûtait le feu de camp.

Un frisson dans la nuque. Je prends une photo mentale. Une deuxième. Pour la route.

Elle attend que je parle en s'essuyant les mains sur les cuisses. Je sais pas quel âge elle peut avoir. Quinze. Trente-cinq. Une éternité au grand complet.

— Un whisky. Double. N'importe lequel.

C'est clairement une fille du coin, mais je me rappelle pas l'avoir déjà croisée. On a dû s'être manquées. C'est un petit village pourtant. Tout se sait tout le monde se connaît. Mais quand on passe la moitié de sa vie ailleurs, sur la route entre deux ciels et qu'on revient juste pour reprendre son souffle ou pour enterrer sa mère, on finit par passer à côté du temps. Même quand il bouge pas.

Tokyo au printemps

je cherche les cerisiers

*un goût de grands espaces dans le fond
de la bouche*

comme un mal de cœur qui passe pas

*comment on fait pour s'évader quand
on est déjà à l'autre bout du monde*

— T'ES LA FILLE DE LA GRAND'FOLLE, HEIN ?

Je lève la tête. Elle me fixe en oiseau, la tête penchée, sa couette rousse glisse sur son épaule. Un seau d'eau glacée qui descend dans mon chandail.

— Pardon ?

J'essaie de mettre le plus d'autorité possible dans ce mot unique. Toute la rage épeurante que je possède pour la faire taire. Pour qu'elle me dise juste « s'cuse » et qu'elle me laisse finir mon verre en silence. Pour qu'elle s'en aille qu'elle passe son chemin qu'elle aille sniffer un autre animal dans le sous-bois qu'elle change de clairière.

Mais elle continue.

— Ben pas folle. C'est pas ça j'veux dire. Ma tante dit l'ermite quand on en parle. En tout cas. Celle qui s'est jetée dans le fleuve y'a deux semaines.

Son accent sonne le rocher Percé. Je suis pas capable d'avoir cette conversation. Je peux pas. La nausée me remonte le corps comme une marée. Je serre les dents, tous les muscles de mon visage. Je fixe le mur dans son dos. J'ai envie d'y lancer mon verre. Qu'il explose. Envie que quelque chose explose. Elle reprend son souffle, comme gênée du silence.

Arrête. Arrête arrête arrête.

— Je fais juste supposer. Les touristes sont partis depuis un mois pis t'as pas l'air d'être là pour le fun. Me semble que je t'ai déjà vue que'que part aussi. Pis j…

Je lève une main pour qu'elle se taise, continue le mouvement pour me frotter le front. J'arrive pas à la regarder. Elle est belle, pourtant. Le genre de belle qui fait mal. Le genre de beauté que tu sais pas pourquoi. Avec ses yeux qui déchirent. Le bout de peau blême entre sa salopette et la dentelle. Je finis mon verre d'un trait, pressée de m'enfuir, la gorge en feu.

Elle me dit de laisser faire quand je prends mon portefeuille pour payer. Je sors dans le soleil cru, la main en visière. Le vélo bleu poudre est toujours dans le gazon mort. Je donne pas deux coups de pédale que la roue d'en avant glisse dans un tas de garnotte. Je lâche le guidon avec un sacre, me retrouve par terre le genou qui saigne au travers de mon jeans déchiré. Je ramasse le vélo, rouge humiliée prête à repartir comme si de rien n'était. Le pneu se dégonfle dans un long sifflement.

Sérieux ? Sérieux.

Le vélo tombe dans le talus avec un bruit de sonnette désaccordée. Qu'il reste là, crisse.

Je refais le chemin à l'envers. À pied. L'après-midi qui crève et le fleuve à ma droite. Les chiens les pickups les enfants. Les vagues les goélands. La pluie un peu. Timide dans mon cou.

Je tourne la poignée pas barrée en réalisant que j'ai oublié les sacs poubelle.

MON LINGE HUMIDE DE PLUIE en tas dans l'entrée. Je mets mon dernier chandail propre, ouvre les fenêtres plus grand que les murs, que le paysage. L'air froid me brûle en dedans. Tout le corps en alerte. Ça me calme un peu.

Je me roule un joint. Le sang de ma chute a taché jusqu'à mes chaussettes. Il va falloir que je demande à Marie de réparer mes jeans. C'était toujours elle qui réparait notre linge. Elle a une salle de lavage avec une vieille Singer à pédale.

Un hiver, les tuyaux de la laveuse ont gelé chez nous. Ma mère attendait que l'hiver finisse. Un samedi on est débarquées chez Marie avec deux mois de lavage. Ma mère mettait tout ce qui rentrait dans la machine, poussait pour fermer le couvercle. Marie séparait les couleurs, le noir, le blanc, les serviettes et les sous-vêtements. Ma mère usait le linge jusqu'à ce que les coutures fendent, et elle le jetait, en rachetait d'autres. Marie le réparait avant qu'il pense à briser. Elle a pris tous nos pantalons déchirés, nos bas avec des trous, a fait passer ça dans sa machine à coudre à pédale. On s'était installées sur des chaises amenées de la cuisine pour la regarder. Ma mère a fredonné *Tiny Dancer* d'Elton John tout l'après-midi. Elle était bien. C'était une bonne journée. On s'est endormies dans la pile de linge propre dans l'auto en revenant.

L'an passé j'ai entendu *Tiny Dancer* à la radio. J'ai googlé les paroles. La tiny dancer, c'est la couturière du band dans la toune. J'ai souri triste.

Now she's in me. Always with me. Tiny dancer in my hand.

J'allume le joint, avec quelque chose qui gronde en dedans à faire taire. Ou à faire entrer en éruption. Un volcan au creux du corps. J'ouvre la boîte de carton déjà

53

fermée au duct tape pour trouver l'album des Best of Elton. Je monte chercher mon lecteur CD, mets Enya dans la pochette d'Elton, monte le son au max. Je fume dans le salon, me mets à danser toute seule. J'aurais envie de danser pour quelqu'un. Je garde la bouche fermée. Expire la fumée par le nez comme un dragon, seul au-dessus de ses montagnes. Les ailes déployées, la musique résonne contre tout le vide et je peux presque la toucher. Je me dis que j'aurais aimé ça, apprendre à jouer du piano. Je danse dans le salon et je la revois danser comme moi, ses épaules frêles et bleues déjà. Elle encercle ma taille et on tourne dans un grand slow. Ses cheveux ou les miens peut-être me glissent sur le visage et on éclate de rire parce qu'au fond c'est ridicule. Sa joue contre la mienne la maison le bordel c'est ridicule. Ses doigts froids sur mon bras me font tourner. Je pirouette jusqu'à la fenêtre et je tombe. Essoufflées sur le sol nos poitrines s'enfoncent dans le plancher. Je laisse les larmes nous couler sur le nez. Les heures s'allongent et on a besoin de personne.

Des fois ça me fait peur à quel point je lui ressemble.

•

Ça cogne à la porte.

Je sursaute, me lève et m'avance dans l'entrée, sûre que j'ai imaginé le bruit. Mais il y a vraiment une ombre dans la fenêtre sale à côté de la porte. Une ombre au nez collé dans la vitre, la main en visière. Une ombre rousse en salopette.

Je soupire, pas certaine que j'aie envie de gérer la situation. Mais j'ai pas le temps d'aller me cacher que son regard croise le mien. Elle sourit à l'envers, me montre un plat de pyrex qu'elle tenait sur sa hanche. Je lui ouvre.

Elle a défait sa couette. Son visage dans le vent. Ses yeux s'arrêtent une seconde de trop sur mes cuisses nues en dessous de mon chandail blanc et sur mon genou plein de sang séché. Le silence s'enroule. Elle renifle, essuie son nez rouge de fin d'automne avec sa manche. *Tiny Dancer* joue dans le salon.

— Eh je voulais venir m'excuser. C'tait maladroit un peu. Je sais pas ce qui m'a pris. Mais ouais je suis désolée. Pour ta mère. Vraiment désolée. Je la connaissais pas, mais ma mère est allée à l'école avec. Elle était fine ma mère a dit.

Elle me tend son plat.

— C'est du pâté chinois. C'est végé je sais pas si t'es végé c'est des lentilles j'ai essayé ça l'autre fois. C'est pas malade, mais ça se mange. Je l'ai pas faite là là, mais y'est pas super vieux il était dans mon congélo depuis max deux semaines. Y'est peut-être encore un peu gelé tu feras attention.

Je marmonne un « merci ».

— Bon ben c'était juste ça. Désolée pis du pâté chinois. Faique je vais faire un boute. Tu reviendras au bar, je suis là pas mal tout le temps. Si ça te tente là. T'es pas obligée.

— OK.

— OK. Cool. Bon ben c'est ça.

Elle se balance sur ses talons, se décide pas à s'en aller. Je sais pas pourquoi mais j'aurais envie qu'elle reste. Je sais pas pourquoi mais je l'invite pas.

— Oh pis j'allais oublier, j't'ai réparé ton vélo. Y'est dans le truck.

Elle pointe le pickup rouillé, dévale l'escalier pour aller sortir le vélo bleu pâle de la boîte en arrière. Je la suis nu-pieds dans la garnotte.

— C'est le tien right ? J'ai assumé parce qu'y était pas là quand j'suis rentrée travailler pis y était là quand j'suis partie pas longtemps après toi. J'ai changé la chambre à air c'tait juste un p'tit flat.

— C'est lui de ma mère, en fait. Mais I guess que c'est le mien maintenant.

Elle ravale ce qu'elle allait dire. On se regarde, chacune de son bord du vélo. J'ai froid dans mon chandail avec rien en dessous. Elle me laisse le vélo, embarque dans son pickup, claque la portière. Je retourne vers la galerie, pressée de rentrer.

— Moi c'est Chloé en passant ! Tu repasseras au bar, y bougera pas !

La tête dans sa fenêtre ouverte. Je lui fais un petit signe de la main. Je lui dis pas mon nom. C'est sûr qu'elle le sait déjà. Elle sort de la cour en faisant lever la poussière. Je rentre en dedans, la peau des jambes plaquée rouge. Je fais rejouer *Tiny Dancer*.

j'ai fait taire le bruit
les oreilles à l'envers
crier par en dedans

MON CELLULAIRE MEURT SUR MON OREILLE avant que je dise « bye » à Julie, ma boss. Elle voulait savoir comment j'allais. Ça va ça va, Julie. On s'en sort pas le choix, hein. Ce qu'elle voulait en vrai c'était savoir si j'allais honorer mes contrats à temps, faire un site web pour une esthéticienne et la pub du festival de bière de Saint-Eustache ou je sais plus d'où. Et puis assise là, au milieu des boîtes pleines d'une vie d'avant, pleines de ma mère morte, à des centaines de kilomètres de tout ce qui a du sens, je lui ai dit non. *Non Julie. Écoute, prends ça pour ma démission.* Et je suis retournée à la contemplation du monde qui s'écroule et du bordel autour, pas plus ni moins sereine.

Je me lève et j'erre dans la maison aux fenêtres ouvertes, la maison où tous les pas résonnent. J'aimerais que la vie passe plus vite. Que le ciel s'effrite, que le monde finisse par finir de tourner, que la Terre éclate et qu'il reste plus que moi, ensevelie sous la charpente en miettes. Qu'il reste que moi avec plus personne à aimer. Plus personne à laisser partir.

Durant l'après-midi j'essaie de faire des boîtes, j'entasse les sacs poubelle sur le patio. J'ai été en chercher en char, finalement. Mais on dirait que plus j'en fais plus y'en a.

Cette maison me vide plus que l'inverse.

J'AI TROUVÉ DES CAHIERS. Je suis allée voir dans la cave s'il y restait pas quelque chose à jeter. Je suis tombée sur des vieilles boîtes en carton remplies de cahiers. Leurs couvertures noires comme un antre. Je savais ce que c'était. Ma mère m'en avait parlé une fois. Que sa mère en gardait toujours un sur sa table de chevet, dans sa sacoche sans fond. Elle avait tellement écrit que ses doigts s'étaient durcis comme des racines. Ses doigts pleins d'arthrite d'avoir trop écrit ses doigts crispés sur ses stylos ses doigts de sève qui gèle.

J'ai eu vite besoin de les ouvrir, de lire les dates dans les coins, les années qui passent en se racontant. Je les ai tous montés. Les ai placés par terre, en demi-cercle autour de mon île. Je voulais les avoir tous devant moi, me trouver en plein centre. Le point d'où l'histoire part et où elle revient.

Je me débouche une bière, la bois devant le plancher couvert des mots de ma grand-mère.

Ses cahiers dans la cave.

Sa vie sous l'escalier.

Il arrive 5 heures et un vent du nord se lève. Une personne saine d'esprit irait fermer les fenêtres et laisserait le froid dehors, mais moi je saute en bas de mon île pour aller ouvrir la porte. Je renverse un peu de bière dans les couvertes au passage. Je me fais une assiette du pâté chinois de Chloé, prends pas la peine de le réchauffer. La mosaïque dans mon dos comme une promesse noire.

J'ai peur de ce qu'y a là-dedans, de ce qu'elle a trouvé à raconter toutes ces années. Impatiente de ces années de village de fond de rang, enroulées dans le temps qui roule, en silence à part le bruit des vagues. Est-ce que je vais déterrer des morts qui dormaient dur, leur squelette mangé par les vers ? J'ai peur de la lire et de me lire, moi. De découvrir que rien a changé. Qu'on se transmet le temps d'une génération à l'autre sans que rien avance. Qu'on s'aime à rebours, quand il est trop tard. Je fige un peu en me disant que pire, je vais peut-être rien ressentir du tout.

Je me secoue, prends le premier cahier sur le bord, sors sur la galerie m'asseoir dans les grandes marées. Je me berce sur la chaise de ma grand-mère, les jointures frettes dans la tempête qui s'en vient. J'ouvre le cahier en plein milieu. Le pâté chinois passe croche.

•

2 décembre 1970

Aujourd'hui, c'est ton anniversaire. Tu viens d'avoir deux ans et je n'arrive pas à déterminer si le temps a passé vite ou lentement. Je viens d'aller te coucher sans te raconter d'histoire, car tu t'es assoupie dans mes bras alors que je montais l'escalier. Je t'ai déposée et je t'ai regardée dormir une minute, me demandant à quoi tu rêvais. Comme j'aimerais dormir d'un sommeil tendre comme le tien. Le mien est peuplé d'ombres et de figures qui me fuient. Qui me fuient autant que je les fuis. Je ne sais pas si je dois en avoir peur alors je cours. Je me réveille tous les matins essoufflée, essoufflée d'avoir tant couru et rien rêvé.

La maison a bourdonné toute la journée. Tes oncles et tes tantes ont fait la route pour venir te voir. Pour venir caresser tes joues et te regarder jouer en souriant. Et les femmes du village sont passées avec leur marmaille pour le gâteau. Des femmes de mon âge. Je crois qu'elles s'imaginent que nous sommes amies. Simplement puisque nous nous ressemblons.

Simplement puisque nous avons enfanté à quelques mois d'intervalle. Elles me parlent de recettes de soupe et de trucs pour retirer une tache de vin. Je hoche la tête et je souris, mais à l'intérieur j'ai envie de crier. De les secouer. De les secouer toutes. Je les trouve vides. Incroyablement vides et tristes.

Et j'ai peur de l'être aussi, vide et triste. Et je me regarde rêver, moi qui n'attrape rien ni personne, moi qui cours sans direction tant le jour que la nuit. Et je me dis que je le suis probablement. Comme toutes les âmes de ce village, toutes ces ombres qui passent en longeant les murs, en faisant craquer les planchers pour signaler leur présence.

Et je me promets que je ne te laisserai jamais devenir comme nous.

JE ME RÉVEILLE DANS LES VOIX.

J'ai eu douze ans. Ana s'est faufilée dans ma chambre. Elle s'est assise à mes pieds comme un chiot, les genoux remontés sous le menton. Elle se tient la poitrine qui se soulève inégale. Ses cheveux emmêlés de nuit. La lumière verte de mon horloge indique 3 h 45. Ça crie en bas des marches. J'entends des bruits de verre qui casse, le vent dehors qui essaie de rentrer. Je me lève. Je sacre dans ma tête. Un petit câlice gêné encore. Ana essaie de m'agripper, mais je la repousse. Je lui fais des gros yeux dans le noir, pour pas qu'elle bouge, pour qu'elle se roule en boule en dessous des couvertes, pour qu'elle se cache les oreilles avec ses doigts faciles à casser. Ses doigts de brindilles. Je revêts un gros chandail qui traîne par-dessus mon pyjama, m'accroche aux poteaux de la rampe d'escalier.

Elle habite la pièce. Épeurante dans sa robe qui tombe jusqu'au plancher. Elle tourne avec sa voix qui monte sur les murs. Le verre de vin rouge qu'elle tenait s'éclate dans la fenêtre, à dix centimètres du visage de Philippe. Il se fige. Les yeux tellement ronds qu'ils tremblent. C'est pas le premier verre qu'elle casse ce soir. Elle a la paume qui saigne, mais elle s'en rend pas compte.

Je suis triste parce que je l'aime bien, Philippe. Philippe fabrique des cages à homard. Philippe a les mains sèches comme des voiles de bateau. Une barbe qui pique. Ana s'est endormie sur lui une fois après souper. Elle l'appelle papa sans faire exprès. Mais ce soir je sais que c'est la fin pour lui. Je soupire. La fin pour lui comme pour tous les autres, tous les hommes qui se succèdent dans la maison dans les avions dans les trains dans les apparts qu'on loue pour deux mois à l'autre bout du monde. Tous les hommes qui passent au travers de ma mère et qui arrivent pas à la garder.

Le sang tache sa robe blanche. Elle cherche quelque chose d'autre à lancer. Philippe est pris dans son mouvement. Les bras autour de sa tête. Elle trouve sa main blessée. Ma mère au ralenti son sang qui coule sur le plancher. Au ralenti vers la porte de la galerie. Au ralenti dans le chemin qui descend vers la crique. Moi à pleine vitesse en bas des marches. La tempête se referme dans son dos et l'avale au complet comme si elle lui appartenait. Comme si c'était son enfant. Elle grimpe sur les rochers qui tombent dans le fleuve déchaîné. Le fleuve grand ouvert. Sa robe blanche contre le noir du ciel.

Philippe m'attrape par le collet. Il me serre dans ses bras. Dans ses mâts de voilier fiers. Ses mâts qui fendillent parce qu'ils serrent trop fort. Philippe un saule dans le déluge. Je me débats en sauvage. J'appelle ma mère. Je l'appelle. Je crie son nom par-dessus mes poumons.

Elle est loin. Une vision en dehors du temps. Froide. Floue. Elle étend ses bras en croix, debout dans le vent qui essaie de l'arracher à son corps. On dirait un ange, debout sur le rocher blanc.

Philippe me pousse à l'intérieur. Il me ferme la porte dessus. Ses voiles de bateau qui coulent. Je remonte les marches. Ana toujours au pied du lit. Je l'attrape en sardine, les yeux fermés dans son cou. Certaine que maintenant pour toujours, on est seules au monde et que notre mère va s'en aller dans le ressac. Une marée mauvais rêve.

Je sais pas comment je fais pour m'endormir, mais la porte grince. 6 h 21. Elle se glisse dans mon dos, toute mouillée. Elle sent les algues. Ses bras autour de nous. Paquebots solides. J'ai le corps secoué de sanglots et elle fredonne un air que j'ai oublié, mais je me souviens d'avoir entendu un sourire sur ses lèvres.

Et puis un jour il y a eu personne pour l'arrêter. Le rocher blanc comme un berceau et son cadavre dans le ressac.

LA NUIT LES YEUX QUI FERMENT PAS.

J'ai classé les cahiers en ordre chronologique. De 1968, l'année de naissance de ma mère, à 1992, celle de ma naissance. 1992, l'année de la mort de ma grand-mère. Ma mère était rentrée à la maison pour lui annoncer qu'elle était enceinte de moi. À la place elle l'a trouvée morte sur la galerie. On aura partagé ça. La mort et la vie. Quelques mois à exister en même temps. Faut croire qu'on est de même, les femmes de la famille. On arrive pas à être ensemble. Ma grand-mère ma mère moi. Trois lignes infinies sur un plan cartésien, qui essaient de se toucher sans arriver à se trouver.

J'ai fait des piles avec les cahiers, érigé sa vie en tours de couvertures gondolées. Sa vie dans le milieu du salon. Sa vie forteresse. Sa vie d'années et d'hivers. De peau grugée de sel et de vent infatigable.

Ma grand-mère ma mère moi. Nos pieds nus sur le plancher qui se souvient de notre poids, du bruit qu'on faisait en tombant. Les murs qu'on essayait de fuir, mais où on a toutes fini par se rejoindre.

J'ai une falaise au bord des lèvres.

J'ose pas rouvrir les cahiers. Basculer dans son vide pour de vrai. Je sais qu'une fois que je m'y serai mise je pourrai plus en sortir.

J'arrive pas à dormir. Le trou dans mon ventre fredonne une toune que je connais pas mais qui m'obsède. Je m'arrache aux couvertes. Je mets des souliers, passe un manteau par-dessus ma peau et sors marcher dehors. Je m'enligne le long de la grand-route engloutie de nuit, la cage thoracique soudain pleine.

Quand on était petites et qu'on débarquait d'un avion, ma mère nous disait toujours de respirer un grand coup et de nommer ce que ça sentait parce que dans une minute on allait s'être habituées à l'odeur et on se rendrait plus compte que c'était différent. Ça allait devenir le nouveau normal.

Managua sentait la mangue. Les poubelles tristes qui cuisent au soleil.

Hanoi les oignons et le thé vert.

Marrakech la terre sèche, les citrons, les olives.

Séville les oranges et la pierre brûlante.

Bombay la pisse, la misère et les feux d'artifice.

Ici, l'air goûte déjà janvier jusque dans le fond de la gorge. Le hareng fumé. Le gaz à quatre-roues le ressac les algues de la dernière marée. Je me dis que je pourrais rester ici en recluse. Tomber avec la neige qui s'en vient. M'emmitoufler. Me réveiller au chant des skidoos et au craquement des glaces sur la berge.

Ma mère haïssait l'hiver. L'idée d'une saison qui rend immobile.

Je me dis que je pourrais rester juste pour l'envoyer chier. Un fuck you final. Je pourrais rester pour lui montrer que c'est pas si terrible. Je pourrais rester jusqu'à l'été, m'accoter au comptoir de Chloé, fredonner du Francis Cabrel dans le salon qui résonne, ouvrir les fenêtres pour tuer l'écho, chasser les fantômes. Jusqu'à l'année prochaine, m'échapper en restant là. Je pourrais. Ce serait plus facile que la vraie vie.

Il se met à pleuvoir.

Une pluie de fin d'octobre. Elle me coule dessus gracieuse comme une danseuse. J'ai envie de me mettre toute nue. De courir. De courir toute nue dans la lune. Courir toute nue le long de la route principale. Le Saint-Laurent que je devine à ma gauche. L'infini à ma droite. Le noir qui se laisse tasser doucement. Les étoiles déjà éteintes.

La bouette rentre dans mes souliers. J'ai le poil du dos tout hérissé, les dents qui commencent à claquer.

Il faudrait que je rentre pour me glisser dans les couvertes rugueuses et essayer de finir ma nuit. Que je me trouve un peu de chaleur dans le creux du dedans.

Le soleil se lève et, pendant dix secondes, un trou creuse les nuages de l'autre bord de l'horizon. Pendant dix secondes la lumière m'éventre, m'ouvre au complet, me remet là, ici, parmi les vivants qui dorment autour. J'ai le souffle coupé. L'averse s'enfarge pour se calmer. J'ai le souffle coupé, je sais c'est con.

C'est juste de la lumière, je sais. Juste de la lumière.

Je continue de marcher et j'atteins les premières maisons du village. J'ai envie d'adopter un chien. Je l'emmènerais se promener. On se protégerait. On se passerait le temps pour que ça ait l'air moins long. On se baignerait dans des dix secondes de soleil.

je me suis fait voler mes souliers à la piscine
de Hambourg
pieds nus dans l'autobus
une bière entre les cuisses

LE VILLAGE DORT ENCORE. J'arrive avec les goélands. Géante dans le silence. Je marche sur la rue principale qui se rapetisse. Entre les maisons qui se collent.

Une voix dans mon dos.

— Hey !

Je me retourne, mais je sais déjà.

Chloé. Chloé en linge de sport, essoufflée. Elle continue de jogger vers moi, s'arrête, les mains sur les cuisses.

— Qu'est-ce tu fais là ? T'es loin de ta tanière !

Elle me donne une tape enjouée sur le bras quand elle voit que je ris pas à sa blague.

— Come on, je niaise. Tu fais quoi au village de bonne heure de même ?

— J'étais pas capable de dormir.

— Moi non plus. J'suis allée m'aérer le cerveau.

Nos respirations se condensent ensemble. Elle pointe la rue derrière elle.

— T'as-tu faim ? J'habite là. J'te fais des toasts. Des œufs aussi si tu veux.

— Ouais, OK.

Chloé m'emmène chez elle. Dans sa petite maison pivoine au fond d'un cul-de-sac. Elle ouvre la porte bleu foncé pas barrée. Elle me fait des toasts dans sa cuisine claire. Simon and Garfunkel sur le vieux tourne-disque.

Elle me demande ce que je fais à Montréal. Je réponds vague. J'en suis pas sûre moi-même. Je lui demande pourquoi elle est jamais partie d'ici.

— Oh ! j'suis partie. Une couple d'années. Rimouski. Québec. J'ai étudié, je suis restée là un boute.

— T'as pas trouvé ce que tu cherchais ?

— Ouais. Non. En fait j'me suis juste rendu compte que ce que je cherche c'est moi qui décide où je le trouve.

Je finis ma toast en silence. Je pense à ce qu'elle a dit. Je me revois à Montréal. Dans mon appart qui laisse tout échapper. La chaleur les sons les gens. Mon appart où les inconnus rentrent et sortent comme s'ils avaient jamais été là. Comme s'ils m'étaient jamais passés au travers. Ou qu'ils m'étaient passés au travers sans me voir.

Chloé ramasse mon assiette. Elle a les cheveux qui sentent la terre humide. Le printemps toute l'année dans son fond de tête. Un port dans son cou pour aller se reposer. Je me demande avec qui elle couche quand la nuit est longue.

— Tu dois feeler toute seule ici des fois.

Elle s'arrête pour penser et commence à laver les couteaux.

— Non. Je suis jamais vraiment toute seule, ici.

Elle me parle de sa maîtrise en cinéma et rit en se demandant à voix haute si elle va la finir un jour. Elle me parle du *Torrent* d'Anne Hébert qu'elle arrive pas à aimer. Du bar de son grand-père qu'elle a racheté l'été dernier. Elle revient s'asseoir à table, en poussant sa chaise trop près. Elle se relève d'un bond pour aller monter le son quand *Cecilia* passe. Son accent anglais est pourri. Y'a le monde qui se réveille autour de la maison pivoine. Et y'a cette fille-là un peu bizarre et moi. Sa jambe dégage de la chaleur sur la mienne. Ma peau a envie de la sienne.

Quand y'a plus de café elle propose d'aller me reconduire chez nous.

Je dis oui, mais j'aurais voulu rester.

Elle conduit mal, change ses vitesses au mauvais moment. Je lui fais remarquer. Elle m'envoie chier en riant.

J'APPELLE ANAÏS. ELLE RÉPOND FÂCHÉE.

— Voyons câlice ça fait deux semaines que j'essaie de t'appeler ça te tentait pas de répondre ?

S'cuse, je…

Je sais pas trop comment lui expliquer que j'ai laissé mon cell sonner toutes les fois où je voyais son nom ou celui de Marie ou de n'importe qui d'autre s'afficher parce que j'avais peur qu'aucun son sorte de ma bouche.

Elle soupire comme une mère. Comme si elle avait vieilli de dix ans depuis la dernière fois qu'on s'est vues.

— Comment ça va le ménage ? Tu dois être sur le bord de finir.

— Moyen. Ça niaise.

— Comment ça ?

— Je sais pas. C'est bizarre d'être ici. D'être encore ici. Je pensais pas revenir un jour.

— Ouais. J'imagine.

On s'écoute respirer dans le téléphone. J'ai envie de tout lui dire. Chloé et le bar et le vélo bleu et le Saint-Laurent et les mâts des bateaux et les cahiers. Tous les cahiers.

— Bon ben si toute va bien faut que je retourne travailler. Appelle-moi des fois. Appelle Marie aussi. S'te plaît. On s'inquiète.

— Oui, promis.

J'ai pas envie qu'elle raccroche.

— Ana ?

— Quoi ?

Tout l'air de la pièce pris dans la gorge.

— Euh non rien, s'cuse.

On se dit qu'on s'aime.

Je raccroche et ramasse le premier cahier de ma grand-mère sur la pile.

3 décembre 1968

    Tu es née hier. À 16 heures, au beau milieu du salon. Je n'ai pas eu le temps de monter à l'étage et Rose-Marie, ta grand-tante, a dû m'accoucher à même le plancher. Tu n'en pouvais plus d'attendre. Tu avais envie de vivre.

    Ce jour est doux-amer. Doux puisque tu es là. Après ces longs mois, tu es là. Amer puisque tu me fais orpheline du ventre. Puisque tu ne m'appartiens plus. Maintenant tu es quelqu'un d'autre et tu commences déjà à m'échapper.

    J'ai passé l'après-midi penchée au-dessus de ton berceau. Je ne sais pas comment te prendre. Tu es si petite et grouillante. Pleine de mouvements que je ne connais pas. Je ne te connais pas. Ta peau est lisse et fragile et je ne veux pas mettre mon visage dans ton cou de nouveau-née, de peur de ne plus jamais en revenir.

    Je voudrais te chanter les berceuses que ma mère me chantait. Les berceuses islandaises de ta grand-mère du nord. Un jour je te raconterai comment elle s'est retrouvée ici. Comment elle est partie de son village de plage noire pour un autre village de plage un peu moins noire. C'est une longue histoire d'abandon.

    Chaque seconde qui passe te rend plus vieille. C'est fascinant à quel point ta petite vie n'est rien à l'échelle de la mienne. Maintenant que tu n'es plus à l'intérieur de moi, nous sommes deux personnes différentes. Tu me dois tout et je ne te dois plus rien.

    C'est doux et amer à la fois.

J'ai fait envoyer un télégramme à ton père. Il pêche en haute mer. Il part des semaines durant. Nous serons souvent seules, toi et moi. Il va falloir s'y habituer. Seules ici dans cette maison où rien ne bouge, sauf les morts.

JE SUIS PRISE DANS MA GRAND-MÈRE. Dans son fleuve de mots. Je suis pas capable de décrocher d'elle. De sa mémoire. De ses doigts serrés sur son stylo. Du bruit qu'elle fait en écrivant quand tout le monde dort. C'est comme tourner un couteau dans le passé. Gosser dans la plaie pour l'agrandir.

Je l'entends. Partout. Et soudain elle me manque, ma grand-mère. Elle me manque d'avoir pas été là. J'entends sa voix quand je lis ses mots. Sa voix que j'ai jamais entendue. Sa voix rauque, qui finit ses phrases abruptes. Rauque, mais qui chante. Une voix du nord un peu triste. Je me noie dans la marée noire autour de mon lit. Je file d'un cahier à l'autre, dévore les années où on s'est manquées. Comme deux trains qui se croisent à toute vitesse et font trembler la campagne aux alentours.

•

10 octobre 1970

Le Québec est à feu et à sang. La nuit est lourde et on enlève des ministres. Radio-Canada repasse en boucle des images des manifestations, des extraits du Manifeste du FLQ, de Montréal insomniaque.

La vie explose à mille kilomètres d'ici et nous sommes prises dans le silence de ta chambre. Tu ne vois rien aller. Tu rêves paisible et j'ai envie de plonger mes ongles dans ta peau douce d'enfant. La vie explose à mille kilomètres d'ici et j'ai envie de participer à quelque chose, d'être là, dans la foule, de faire partie du cœur qui vibre et qui crie. De marteler les rues. De peindre sur les murs, de hurler des slogans, de bousculer, de briser tout sur mon passage et de me faire avaler.

La vie est ailleurs. Tellement loin de toi. Loin d'Arthur et de ses mains rugueuses, de sa barbe qui sent la mer. Loin de ton frère ou ta sœur qui s'accroche dans mon ventre. Loin des goélands et des cornes de brume dans la nuit.

La vie est ailleurs, mais je suis ici à surveiller tes rêves et j'ai envie de crier. De t'arracher de mes jupes et de te laisser là. De courir vers où la vie et le reste du monde vont.

J'ai rêvé à ma mère en sirène. On était avec Anaïs, sur une plage déserte quelque part en Espagne. Elles nageaient dans l'eau turquoise. Je les regardais de loin, étendue avec un livre. Il y avait que nous. Une bulle douce loin du reste du monde. On était dans une crique entourée d'arbres. Le soleil dansait sur le sable foncé. Ana riait. Ma mère parlait fort. J'avais un point chaud dans le bas du ventre qui commençait à enfler. Quelque chose me coulait entre les jambes. Je me levais, paniquée, j'essayais d'appeler ma mère. Ma voix refusait de sortir. J'essayais de les rejoindre dans l'eau mais les vagues me traversaient comme si j'étais un fantôme. Je nageais dans le vide, ramenée au bord à l'infini. Le sang me glissait sur la cuisse. Rivière rouge de printemps. Je retournais sur la plage en me tenant le sexe, persuadée que j'étais en train de mourir. Et le ressac ramenait le corps de ma mère et Ana encore dans les vagues avait cessé de rire.

J'ai passé la journée avec l'étrange impression que c'était un souvenir plus qu'un rêve. Les mots sur le qui-vive.

Je suis pas arrivée à me rappeler si j'avais eu ou non mes premières règles dans le sable de la Costa Brava.

8 avril 1972

    Tu dors dans mon lit. Ton père est en mer comme toujours et nous dormons l'une contre l'autre. Tes frères sont tous dans la chambre d'à côté. Tu fais un cauchemar, je crois. Je pose ma main sur ton ventre rond d'enfant et tu te calmes, comme par magie.

    J'espère te l'avoir transmise, la magie. Oh ! tu vas voir, ce n'est pas grand-chose. Je tiens ça de ma mère qui elle le tient de sa mère qui le tenait de sa mère et ainsi de suite jusqu'au début des temps. Il n'en reste pas beaucoup, de notre magie. Je crois qu'elle s'effrite avec les années, comme s'érodent les falaises.

    Quelquefois je fais appel aux elfes, au peuple invisible, pour qu'ils viennent me chercher, qu'ils me ramènent là d'où nous venons. Je ne sais pas s'ils m'écoutent vraiment, mais certains jours où rien ne va, où vous ne cessez de crier et que toutes les pièces sont à l'envers, lorsque je ferme les yeux bien fort, je te jure que j'entends les vagues depuis les cavernes sombres des plages d'Islande, que la maison se remplit de sable noir et que le vent qui souffle me soulève. Je te jure que je suis seule au monde sur une grande plaine islandaise et que le monde m'a oubliée. Je te jure et c'est si beau. C'est si grand qu'on n'y croit pas, que ça prend au cœur comme un sursaut. Je marche au pied des glaciers et je n'ai pas froid. Les grandes herbes me saluent et je suis un volcan. Je m'assois derrière une chute et j'accueille les arcs-en-ciel.

Un jour nous irons. Je te jure. Toi et moi. Nous, les femmes. Je retrouverai le village où j'aurais pu naître. Où j'aurais pu disparaître avec les créatures dans de grandes lumières blanches.

DEBOUT DANS LE CADRE DE PORTE de sa chambre. Un sac poubelle à la main.

Ma mère dans son antre. Dans sa caverne sombre aux rideaux toujours fermés. Son bateau échoué aux mâts fendus. Le lit où elle allait se perdre pendant des jours.

Je regrette de pas avoir mis de gants, de pas avoir apporté un gallon de Javel. Un bidon d'essence.

Y mettre le feu.

Ma mère peine perdue. Ma mère qui riait pour rien qui pleurait pour rien. Quand c'était trop triste ou trop beau.

J'avais seize ans. Les rangées de pilules dans l'armoire de la salle de bains. Les pots encore scellés.

Ma mère calme en avion. Les yeux fermés les épaules légères. Ses épaules d'oiseau. Ses épaules blanches et bleues comme déjà noyées. Ma mère dans son cou où ça sentait beau. Où ça sentait les nuits longues. Les trains qui arrivent pas. Dans son cou, accrochées. Ana d'un bord moi de l'autre. Deux membres de plus à son corps. Trop lourds un peu. Sûrement. Des copies déformées d'elle-même qui lui rappelaient la vie volatile.

J'ouvre ses tiroirs. Un relent de boucane monte. L'encens qu'elle brûlait pour faire fuir les mauvais esprits. Je ramasse ses grandes jupes. Dans le sac poubelle. Les bracelets ses livres les oreillers qui se souviennent de son visage comme si elle avait dormi là hier. De sa nuque longue de ses joues creuses. Dans le sac poubelle.

Elle nous aimait, mais tellement mal.

Je ferme le sac, en ouvre un autre.

Un soir on est arrivées de l'école. Le plafond coulait. On est montées à la course dans la rivière de l'escalier. Elle était assise dans le bain qui débordait, la porte ouverte, les genoux remontés sous le menton. Le robinet grand ouvert. On s'est approchées comme si c'était un animal sauvage blessé. Pas le brusquer, mais le sauver quand même. Ana a fermé le robinet, j'ai fait sortir notre mère du bain, l'ai enroulée dans une serviette. Je suis allée la coucher toute nue dans ses draps. Des amis de Marie sont venus gérer le dégât pendant qu'elle dormait.

Elle était restée une semaine à l'hôpital à Gaspé cette fois-là. Marie était passée un peu plus souvent après ça. Et une femme de la DPJ une fois de temps en temps. Claudine. Elle sentait la lavande. Quand elle était là ça voulait dire que ça irait un peu mieux. Elle essayait toujours de me faire parler. Mais elle repartait toujours. Jusqu'à la prochaine crise. On peut pas faire confiance à ceux qui repartent toujours.

Je fais un sac de ses draps. Un autre sac de robes de foulards de manteaux d'hiver ses chapeaux de fausse fourrure ses maillots de bain ses sandales en rotin qu'elle a achetées au Panama y'a vingt ans et qui sont encore comme neuves. Dans le sac. Toute. J'ai plus envie de trier. Je garroche tout. Toute sa vie dans le sac. Coup de pied dans la commode. Tiens, crisse. Sa vie de cadavre maintenant. Sa vie de poussière.

Je lance le sac dans le passage et m'assois sur le plancher qui gondole dans ma nausée. La mort prise entre les poumons. J'écrase mes larmes avec mes poings.

toilettes d'un bar d'Édimbourg
je pisse ma bière sur le pregnancy test
juré c'est la dernière fois

LA RUE PRINCIPALE EST BARRÉE de bord en bord. Le vent circule mal entre les gens qui marchent lentement, entre les enfants qui courent, les chiens pas de laisse et les pickups parkés croche. C'est le festival d'automne du village. Je me rappelle être venue une fois, en famille. Marie était là. Ana aussi. Ma mère allait bien. On avait bu tellement de chocolat chaud et mangé tellement de tarte à la citrouille qu'on s'était endormies aux petites heures, la bouche pleine de rires encore.

Chloé sourit avec son sourire d'année-lumière. De la musique sort des haut-parleurs installés à côté de la pharmacie. Les feuilles mortes sur l'asphalte craquent sous les pieds. Une femme nous tend du vin chaud. Chloé comme un papillon. Son coat carreauté. Chloé les dents bleues de vin rouge. Nos bras entrelacés pour nous sauver du froid. Je ferme les yeux. Photo mentale.

Chloé s'arrête tous les trois pas pour me présenter. Tout le monde fait semblant d'être surpris, de pas savoir déjà qui je suis. On me serre la main, me touche les épaules. On me dit bienvenue. Rebienvenue. Ça doit faire du bien d'être revenue. Leurs sourires croches. L'envie de leur casser les dents. À ces gens qui toute ma vie m'ont regardée me noyer. Nous ont regardées nous noyer les yeux grand fermés. Leurs mains me brûlent. Je veux partir. Chloé, je veux partir.

Chloé m'emmène chez elle. Dans sa petite maison qui sent le pin et les dimanches matin. Son coat à ses pieds dans l'entrée. Le soleil se couche et elle colle ses lèvres sous mon oreille. Elle m'attend là. Elle attend que je fasse un move. Je l'entends respirer fort. Ses muscles se serrent, se relâchent. Sa bouche cherche. Me cherche. Juste à côté.

Sa bouche sortie de secours.

J'attends qu'il fasse noir pour qu'on se voie moins un peu. J'attends qu'il fasse noir et je défais ses bretelles. Détricote son chandail. Détricote ses cheveux attachés sur sa nuque, les laisse glisser sur mes joues. La laisse glisser sur mes joues. Les mains enfiévrées les doigts araignée d'eau. J'échappe ses taches de rousseur sur le plancher. Ses dents accrochées dans les recoins sensibles de mon cou. Ses cuisses humides ses soupirs de renarde. Je goûte à sa peau comme à une nouvelle saveur d'été. Sa peau blanche de pleine lune. Le souffle me manque, mais je suis pas capable d'arrêter.

J'ai envie de rester là.

Dans le pli fragile de ses bras. Je veux me broyer dans son sexe et rester là. La faire jouir jusqu'à ce que ça fasse mal. La laisser me faire jouir jusqu'à ce que ça fasse mal. Je veux.

•

Dans le noir, essoufflée encore, je lui demande comment elle a fait pour rester ici.

Elle me répond qu'elle comprend pas comment j'ai fait pour partir. Je lui dis que j'avais peur de devenir folle comme ma mère en restant. J'arrête de respirer. C'est sorti tout seul.

Après un long silence elle chuchote qu'elle me trouve belle.

Ses doigts glissent sur mon visage, s'attardent sur la cicatrice blanche cachée sur ma tempe. Je m'assois dans un sursaut. Les bords du trou dans mon ventre qui palpitent. C'est sorti tout seul. J'aurais pas dû dire ça. Il faut que je m'en aille. J'ai envie de sa bouche. De tomber dedans et de plus en ressortir. Je m'haïs par en dedans d'avoir envie toujours de fuir. Je me lève, ramasse mon linge.

— Tu fais quoi ?

Il me manque un bas.

— C'est pas toi. J'aurais pas dû... C'est pas toi. Faut juste. J'peux pas, pas maintenant.

J'abandonne pour le bas. Je mets mes souliers un pied tout nu.

Il faut juste que je parte.

Je pensais que ça me réparerait un peu, ça, ici, rester pour l'hiver et apprivoiser Chloé, apprivoiser l'angoisse des rues désertes et du bruit des skidoos. Que je pourrais commencer à rebriser les os. Mais le monde est toujours aussi creux et je suis autant brisée qu'avant. Je traîne ma mère et son village et son héritage que je voulais pas ; une maison qui grince et la peur paralysante de laisser les gens entrer.

Je claque la porte, pars à la course.

la plus belle falaise d'Islande
une main sur la barrière

un pied dans le vide

LE CORPS EN ALERTE à 5 heures du matin sur mon île au milieu du vent. Une image des seins nus de Chloé restée prise derrière les paupières. Leurs empreintes dans la paume de ma main. Des grafignes à vif de ses ongles dans mon dos. J'arrive pas à me réchauffer. Le lit est tellement vide que ça me prend en dedans. Pour la première fois depuis longtemps j'ai pas envie de dormir seule.

J'ai dix ans et ma mère est pas rentrée. On est dans un petit appartement en Thaïlande. Ana ronfle doucement. J'attends ma mère, mais elle arrive pas. L'horloge cogne les secondes trop fort et elle arrive pas. Les minutes les heures et je me dis ça y est. Le poids du monde sur la poitrine et je suis sûre encore une fois qu'on est seules au monde pour de bon.

J'ai vingt et un ans dans Montréal. Je marche toute la journée entourée d'inconnus. La foule m'effleure. Je respire leurs têtes leurs sueurs leurs ombres. Je les respire et je les oublie. Je me respire et je m'oublie. Vingt et un ans dans un club rempli. Je suis une chandelle au milieu des corps. Le trou dans mon ventre se tait jusqu'à ce que l'ecstasy s'essouffle et j'ai personne à ramener dans mon lit. L'hiver est frette dans ma salle de bains mal isolée. Je me touche dans la douche pour pas penser trop.

J'ai seize ans et ma mère m'a expédiée à Londres chez une vieille connaissance qui me laisse dormir dans la chambre humide en haut de son pub si je travaille for free. Je me réveille au milieu de la nuit. La première fille avec qui je viens de coucher est partie en douce. Lucy. Elle avait un accent cute et sentait la cigarette. Elle m'avait embrassée dans un coin du pub. Je lui avais fait une joke je me rappelle plus ça avait rapport avec la toune des Beatles. *Lucy in the Sky with Diamonds*. Je pensais qu'on avait cliqué. Elle est partie quand même.

J'ai douze ans et je vois mon père pour la première fois. Sur un polaroïd volé dans le tiroir de ma mère. Je sais pas pourquoi, mais je sais que c'est lui. Son menton comme le mien peut-être. Ou le coup de poing dans le ventre que son regard me donne. Un matin gris de tuque de marin enfoncée jusqu'aux oreilles. *Nordfjordeid, 1991* écrit au stylo derrière. Il sourit pas, mais quelque chose dans ses yeux. Quatre ans plus tard, après avoir cherché son adresse en cachette, je me pointe devant chez lui, avec mon dictionnaire français/norvégien et tout l'air qu'il me manque. *Til salgs*. À vendre. Le voisin me dit en norvégien, puis se ravise en anglais, qu'il est mort il y a trois semaines. Que mon père est mort. Je pose ma main, mon poing, mon corps sur la porte de la maison. Un cri dans la poitrine. Fâchée contre tout ce qui m'abandonne.

NOVEMBRE

Novembre au fond de la crique. Les murs et la lumière courte. Novembre en oubli. Les yeux fermés pour plus qu'on me voie.

Je sors plus de la maison. Je passe mes journées en étoile au milieu du lit avec mes cahiers. Avec ma grand-mère, ma grand-mère dans le creux. J'écoute les marées qui montent et qui meurent et je pense à rentrer. Mais je sais pas c'est où, rentrer. Je sais plus c'est où. Je dors même quand c'est pas la nuit. Je me réveille en rêvant à l'Islande. En rêvant que je suis ma grand-mère, ma mère après elle. On marche sans se voir sur le même chemin. La vie normale a plus d'emprise sur moi. La vie où les gens se lèvent et se parlent et vont travailler et rentrent à la maison s'asseoir et s'aimer. J'habite à côté du monde, détraquée. Dans une bulle loin du temps.

La maison est froide.

Je m'enroule de couvertes, me remplis le corps de vin cheap de fort cheap de bière cheap de bouffe cheap. Je me bourre jusqu'à pleurer longtemps sans plus aucune notion de lieu ou de moment, jusqu'à appeler quelqu'un n'importe qui. Ana Marie Chloé. Mes appels sont chaotiques, incompréhensibles. J'ai envie de parler mais je sais plus comment.

Puis je sors voir le fleuve sur la galerie dans le vent. Chaque bouffée d'air qui rentre me vide un peu plus. Je respire jusqu'à avoir plus rien. À être propre et lisse. Je me nettoie. Je troque ma coquille qui ressentait rien pour une fenêtre qui chante. Je respire jusqu'à être remplie du bruit des vagues comme si j'étais en plein milieu. Ballottée légère. Une branche d'algue. Un dauphin qui dort calme. Les eaux montent jusqu'à mes pieds et je m'y glisse. Et on s'appartient. J'appartiens à quelque chose pendant un instant. Quelque chose me tient, me garde, et je retourne à ces heures où j'avais pas encore besoin de toujours me sauver. Le ressac me rejette sur la grève et c'est le facteur qui me trouve, debout sur la galerie. La porte était pas barrée.

On ira écrire mon nom sur une pierre en haut d'une colline où je dérangerai personne.

2 septembre 1980

Je suis seule dans la maison pour la première fois depuis ta naissance. Arthur est en mer. Vous venez de partir, toi tenant fermement ton plus jeune frère qui débute à la petite école aujourd'hui. Je vous ai regardés disparaître sur le chemin de terre. Vos souliers que j'ai passé des heures à frotter hier soir brillent presque dans le soleil clair.

Je suis retournée dans le salon. Il n'y avait personne dont s'occuper, personne même à surveiller du coin de l'œil. Je croyais y entendre l'écho de vos voix qui crient. Vous ne reviendrez pas avant 15 h 30. J'ai soupiré d'aise. Enfin.

J'ai ouvert toutes les fenêtres qui donnent sur le fleuve. Les goélands s'appellent au loin, les vagues s'écrasent doucement dans la crique. Les marées n'ont pas été très hautes cet été. Mais plus l'automne s'enfoncera, plus la mer se déchaînera. Quelquefois l'eau vient lécher les rochers sur lesquels est perchée la maison. Ces soirs-là, j'ai le goût de m'y lancer tout entière, de m'y enfoncer pour ne plus rien entendre.

Je me suis déshabillée dans la brise qui entrait. J'ai laissé mes vêtements tachés de votre déjeuner sur le sol sous la fenêtre. Je me suis promenée nue dans la maison, sans autre but que de sentir le vent sur chaque centimètre de ma peau. Les bras écartés, j'ai laissé mes seins libres. J'ai parlé avec ma peau oubliée, avec mes hanches étroites qui ont rendu les naissances difficiles. J'ai défait mes cheveux. Et j'ai éclaté en sanglots. Mais en sanglots le sourire aux lèvres. En sanglots puissants et purificateurs.

JE ME RÉVEILLE AU MILIEU DE LA NUIT. Pendant un moment je sais plus où je suis. Je m'assois à moitié dans le lit et j'allume la lampe de chevet. La fenêtre ouverte encore. Le fleuve déchaîné dehors, avalé dans le ciel noir. De la neige folle se balance dans le vent. Une première tempête encore trop timide pour atterrir reste en suspens. Je me lève pour aller à la fenêtre. La brise de novembre me prend à la gorge et au corps comme des bras qui m'enlacent.

Je ferme la fenêtre. La vitre devient un miroir devant la nuit. Elle me renvoie à mes épaules droites, à mes hanches de garçon. Mon visage cherche la lumière. Chloé qui me murmure que je suis belle. Je sonde le belle, le beau. Entre mes côtes qui s'entrechoquent entre mes cuisses de coureuse. Mes cuisses de fugueuse. Entre mes seins. Je les prends dans mes mains pour les tenir au chaud.

Je m'approche de la vitre. Monte l'envie de mettre un coup de poing dedans. De m'ouvrir la main. Je m'approche en freinant mon geste. Mon souffle fait des nuages.

Y'a quelque chose dehors. De l'autre côté de la fenêtre miroir. Je colle mon front sur la vitre froide puis recule, surprise.

Un renard.

Je recolle mon front.

Un renard sur la galerie.

J'essuie la buée avec mon bras.

Le renard me regarde. Sa tête penchée sur le côté comme si c'était moi la chose curieuse. Sa fourrure dans le vent.

Je le regarde. Toute nue de l'autre côté de la fenêtre. Je vais me chercher des couvertes, reviens en courant presque, sûre qu'il serait plus là.

Il a pas bougé.

On dirait Chloé. Venue m'espionner. S'assurer que je vais bien.

Dans la lumière silencieuse de la pleine lune d'automne. Elle brille. Elle penche sa tête de l'autre côté. J'ai envie de la laisser entrer, de lui laisser une place dans le lit. Elle a l'air douce. Mais quelque chose de sauvage dans ses yeux noirs. On reste chacun de son côté de la porte, à se demander ce qu'on fait là.

Je passe le reste de la nuit avec la renarde sur la galerie.

Noël il y a cinq ou six ans.

Et je sais que c'est la psychose et la dépression et les médicaments qu'elle prend pas. Je sais que c'est pas elle. Mais les yeux qui me regardent sont ceux de ma mère. Ses yeux qui me tuent.

Ana hurle, de la morve lui coule jusque sur le menton. La manche de sa belle blouse blanche déchirée. Elle la supplie de déposer le verre qu'elle s'apprête à me lancer. De s'asseoir. De respirer. De prendre tes pilules maman s'te plaît.

Mes cuisses de coureuse incapables de courir. Je la laisse me détruire, protège à peine mon visage quand elle lance le verre sur ma tempe.

La renarde est encore là.

Je me suis endormie à un moment, le front contre la vitre froide. J'ai suivi pendant longtemps deux silhouettes fantômes le long d'un chemin étroit sur le dessus d'une montagne. Les vagues s'échouaient en bas. Les grandes herbes essayaient d'attraper les longues jupes de mes fantômes, mais tout les traversait sans bruit. J'essayais de deviner où elles m'emmenaient, mais je crois que je le savais déjà. Elles descendaient la montagne, se dirigeaient vers un quai. Je me suis réveillée en sursaut quand une vague glacée m'a cassé dessus.

La renarde.

La lumière qui se glisse dans la crique joue autour de sa silhouette immobile. J'aurais envie de déposer ma tête lourde dans sa fourrure dansante dans le vent fou. On se fixe. La renarde gracieuse et calme. Moi toute croche, l'intérieur à l'envers. Incapable de me débarrasser des deux silhouettes qui m'attendent encore, probablement maintenant embarquées sur un bateau.

J'attrape un gros chandail de laine qui traîne par terre, l'enfile. La maison est un peu moins froide qu'hier. Je me fais un café, retourne le boire par terre. Je pense que c'est dimanche. Je suis pas sûre. Je demande au renard ce qu'il en pense. Je lui demande d'où il vient. S'il a de la famille. Quelqu'un dans sa vie. Je lui demande s'il est heureux. Le matin s'installe tranquille.

On lit des cahiers. Mon renard et moi.

Ma grand-mère raconte ma mère qui vieillit.

•

6 avril 1983

Tu viens de fuguer. Tu es partie au cœur de la nuit. Je t'ai regardée partir depuis la fenêtre de ma chambre. Je ne t'ai pas retenue. Tu reviendras bien assez vite quand tu réaliseras qu'il n'y a nulle part où aller. Quand tu réaliseras que tout te ramène toujours ici. Dans cette maison. Dans ce village. De ce côté de l'Océan.

Un jour je fuguerai moi aussi. Je sortirai et je fermerai la porte à clé. Je quitterai cette maison. J'irai en Islande. Je retournerai dans mon pays de glaces et de volcans.

Pour l'instant j'attends que tu reviennes. Je t'attendrai à la fenêtre, jusqu'à ce que le soleil se lève s'il le faut. Je guetterai la route à la recherche de toi. Ici entre nos murs.

•

Entre nos murs. Entre les murs de la maison où ma mère s'est réveillée vingt ans plus tard. Je m'y réveille aussi. Nos vies de forêt seules.

LE FRIGIDAIRE EST VIDE. Les armoires sont vides, même celles des cachettes. La caisse de 24 de Molson est vide. Je suis passée au travers de mes réserves. La faim et la soif me donnent mal à la tête. J'ai peur que le silence me rende folle. Je me demande ce que ça mange des renards de bord de fleuve.

Je sors une tuque et des mitaines, décide d'aller au village à vélo. Peut-être que l'air salé peut m'aider. Je roule vite, de peur de croiser la renarde. Le noir sauvage dans ses yeux encore.

Je pédale avec des grands respirs. Je veux avaler tout ce qui bouge autour. J'évite les trous dans la garnotte. Le fleuve à ma gauche. Le fleuve plein. J'ai pris l'habitude de surveiller la grève. Au cas où y aurait d'autres cadavres à recracher. Le fleuve plein de fantômes.

Au village, je laisse mon vélo devant la petite épicerie. Je déambule dans les allées, remplis mon panier de n'importe quoi. Des pommes des bouteilles de vin rouge de la lasagne congelée du maïs en conserve. Dans la rangée de la bouffe d'animaux, j'hésite à prendre un sac de nourriture pour chien. Et je me trouve conne d'avoir pensé à ça. Je vais demander à la fille au comptoir si elle sait quoi donner à manger à des renards de bord de fleuve. Elle me dit qu'il y a pas de renard dans le coin. Je lui ramasse quand même de la morue pas chère.

Je renfonce ma tuque sur mes oreilles. La rue est vide. Les derniers harengs de la saison sèchent sur des supports de bois. Un chien tout seul vient renifler mon sac à dos plein de bouffe. Je le repousse gentiment. Je m'apprête à rembarquer sur mon vélo pour aller retrouver mon renard quand la porte du bar en face s'ouvre en grinçant. Chloé en salopette qui traîne un sac poubelle en sacrant. Elle garroche le sac dans un grand bac et revient vers le bar. Elle s'arrête dans l'entrée, se retourne vers moi, comme si elle savait que j'étais là. Elle tient la porte ouverte sans décrocher son regard du mien. On se bataille des yeux chacune de son bord de rue.

Le cœur me bat dans la gorge.

J'entre dans le bar.

les sorcières les fées dans la nuit agitée

les cavernes sombres où les peuples
cachés m'attendent

les os mal soudés qu'on casse à nouveau
pour qu'ils guérissent mieux

— Rémi.

— Salut.

Je serre la main à Rémi. Sa main est rugueuse, trop grande pour la mienne. Son visage long, ses joues tièdes.

C'est un ami de Chloé. Un ami de longue date de passage. Je m'accoude au bar à côté de lui. Ses genoux touchent presque les miens, chacun sur notre banc qui tourne. Chloé nous sert des bières en racontant des histoires de leurs années de secondaire. Ses yeux me lâchent pas.

Je ris quand Rémi rit. Je soutiens leurs jokes, je participe. Ça fait longtemps que j'ai pas parlé à des vrais gens.

Rémi se penche par-dessus le comptoir. Le sourire qu'il fait à Chloé me brûle. Pince un point fragile dans mon sternum. Rémi a un bateau. Son père a un bateau. Un petit chalutier. Il veut qu'on aille faire un tour. Avec les étoiles on se rendrait jusqu'à Grande-Grave ou Percé ou Gaspé ou Rivière-au-Renard. On s'amarrerait au port en secret. Juste pour prendre la mer. On prendrait le fleuve avant que Rémi rentre à Sherbrooke. Il se remplirait avant d'aller s'enfoncer dans les terres.

— Ça vous tente-tu ? Mon père rentre le bateau pour l'hiver demain, pis la mer est jamais calme de même à ce temps-ci de l'année. Faique, dernière chance !

Chloé me pointe du menton. Elle attend ma réponse pour décider ce qu'elle fait. Je réponds, presque en défi.

— Why not ?

Chloé se retourne vers Rémi.

— Good, tout le monde est partant alors !

On attend que la fille du shift de soir vienne remplacer Chloé. Je ramasse mon sac à dos plein d'épicerie et on part vers la marina.

Les yeux fermés les cheveux au vent. Le bateau fend les vagues. Le soleil se couche mauve sur le jour. J'ai envie de rire pour rien. C'est la vitesse ou le mouvement des vagues ou le froid dans mon visage. Le trou dans mon ventre se berce. Content. Chloé est dans la cabine avec Rémi. Elle avait froid.

Je me souviens plus de la destination qu'on a choisie finalement. Je m'accroche au bastingage. Les embruns m'éclaboussent blanc. Je pense à ma mère en bateau. À ma mère qui glisse sereine, assise en indien à la proue, la seule fois où son père a accepté de l'emmener. La veste de flottaison orange l'empêche de tourner la tête, mais ça fait rien.

À ma grand-mère en bateau au milieu de l'Océan entre ici et son Islande. Cinquante ans peur de rien, attirée comme un aimant par l'autre rive qu'elle voit pas encore.

Valeureuse descendante de ces femmes-fleuves, j'ai des souvenirs qui m'appartiennent pas.

•

On a jeté l'ancre à la marina de Gaspé. La nuit bien enfoncée. Je les ai rejoints dans la cabine.

Rémi a mis de la musique dans les petits haut-parleurs. L'eau flatte la coque. On tangue doucement. On ouvre les bouteilles de vin. Les bouteilles de fort. Le monde m'échappe. Chloé se lève et se met à danser. Elle laisse glisser sa veste par terre. Ses doigts dans ses cheveux descendent sur ses hanches.

Rarement vu de quoi d'aussi beau.

Elle danse pour moi. Juste pour moi. Elle me tend la main.

Viens.

Je la suis. J'ai l'impression d'être nulle part en même temps. D'être encore à Montréal, dans la maison, au bar, chez Chloé. Je suis partout sauf ici. L'impression que mon âme est en feu. Chloé danse contre moi. Son corps bouge sur mon linge. Rémi vient nous rejoindre. Les limites deviennent floues. Qui commence où. Qui arrête où.

Je reste à côté. À côté, mais dedans.

Dedans leurs peaux collées. Chloé me déshabille. Chloé me respire dans le cou. Ses yeux me lâchent pas. Elle glisse ses doigts entre mes cuisses en m'embrassant. Des mains rugueuses dans mon dos sur mes fesses. Les langues laissent des traces. Le sel me monte à la tête. Chloé sa bouche sortie en mer.

•

Je parle de ma renarde à Chloé. La respiration lourde de Rémi à côté de nous. Elle me dit que ça se peut pas, que les renards se rendent jamais aussi près du fleuve. Y'a pas d'arbres ou rien pour se cacher ici. Je lui dis que c'est pas parce qu'elle en a jamais vu que c'est impossible. Qu'il s'était peut-être perdu, de quoi du genre.

Mais elle trouve que ça se peut pas quand même.

Elle s'endort, la bouche contre mon épaule.

J'arrive pas à fermer les yeux de la nuit.

ON REPART AVEC LE SOLEIL QUI SE LÈVE. Les yeux petits les mots rares. La bouche sèche. Rémi à la barre. Chloé et moi assises dans la cabine entre les bouteilles vides. Entre les empreintes de nos corps sur la table le plancher les chaises. On touche la côte du village dans la brume. Je sens que quelque chose va pas. Je saute du bateau à peine amarré, cours sur le quai, Chloé sur mes talons. On traverse le village, tasse la brume épaisse à pleines mains. On réalise que c'est de la fumée.

Le bar. Le bar à Chloé. Son bar est en feu.

Les flammes montent plus haut que les lignes électriques, plus haut que le plus haut des grands sapins, ceux qui guettent le retour de leur renard.

Chloé arrive dans mon dos. Essoufflée. Un voisin est déjà au téléphone avec les urgences. On reste, impuissants, à regarder la bâtisse brûler. Les gens sortent de leur maison en pyjama, mais gardent leurs distances, fascinés par les flammes.

Le temps que les pompiers arrivent, ça devient clair qu'on pourra pas sauver grand-chose. La brume est pleine de neige on dirait. De neige noire et blanche qui reste en suspens dans l'air.

Chloé à genoux sur l'asphalte.

•

C'est juste un bar. Juste un bar, mais. J'ai recueilli Chloé chez nous. Comme si j'étais la seule chose au monde qu'il lui restait. Je la rentre chez nous. Dans mes murs, dans mes corps morts. Je la rentre dans tout ce qui est à moi. Dans le peu qui est à moi. Je l'habite avec moi.

Je la déshabille en l'embrassant. Blanche comme la lune dans mon salon. Je sais pas quoi faire avec elle. Avec son corps devant moi. J'ai le goût de pleurer tellement qu'elle est belle. J'ai peur de la briser, de casser son visage d'oiseau et ses bras en porcelaine. J'ai envie de la laver. De la plonger dans un bain, dans le fleuve, de brosser la suie noire qui s'accroche à elle. Dans les plis de sa peau qui sont à moi. On respire en même temps. Nos souffles la même buée. La même brume.

Sa voix rauque.

— Touche-moi.

Elle prend mes mains, les dépose sur ses hanches, les fait glisser jusqu'à ses seins jusqu'entre ses cuisses.

— Touche-moi. Touche-moi touche-moi touche-moi…

Je ferme les yeux dans son cou qui sent la boucane, l'emmène dans mon lit.

•

L'heure bleue entre les rideaux. Quelque part entre la nuit et le jour. Chloé dort depuis hier après-midi. Elle dort enroulée sur moi. Un petit animal qui a besoin qu'on en prenne soin.

Je dis à tout le monde que je suis partie à Montréal pour me trouver une job qui a de l'allure. Mais c'était plus pour le bruit. Pour avoir du bruit de millions d'inconnus autour de ma peau. Pour faire taire le silence de tous ceux qui nous ont regardées de loin. À distance respectable des flammes. L'angoisse me serre comme deux mains autour de ma gorge. Le foutu silence des villages où tout le monde sait tout et personne dit rien.

Je roule Chloé sur le côté pour me dégager, délicatement pour pas qu'elle se réveille. Je m'habille en vitesse, sors dans les premières lueurs.

Novembre et j'ai la peau qui crépite. Je me mets à marcher plus vite. À courir. Je cours en dehors de la nuit sur la route de terre. Le fleuve s'écrase sur la grève. Juste au son je sais que la marée monte. Je sais pas où je m'en vais. Je fugue. J'ai besoin de beaucoup d'air. De plus d'air que ce que mon corps peut contenir. J'ai besoin d'un vide plus grand que celui que j'ai en dedans. Je cours longtemps. Jusqu'aux premières maisons du village. Je me dis que j'aurais dû partir de l'autre bord. J'aurais remonté la côte vers le nord, couru jusqu'à ce que le fleuve devienne l'Océan, jusqu'à ce que l'autre rive soit un autre continent.

La poitrine me brûle et mes jambes deviennent lourdes. Lourdes claquées par le vent. Ma bouche goûte le sang, mais je peux pas arrêter. Je sais pas où je m'en vais, mais je peux pas m'arrêter. Il faudrait que je m'envole. Ce serait plus facile. Mon corps suit plus ma tête. J'appartiens à rien. À personne à nulle part. Je sais pas où je m'en vais, mais je sais où il faudrait que j'aille.

La route de terre se met à vibrer. Un camion rouge au bout du chemin. Chloé freine sec en arrivant à ma hauteur.

— J'me suis réveillée t'étais pas là. J'm'inquiétais.

Ses yeux fatigués.

Son corps fatigué au grand complet.

J'embarque dans le pickup. On dit rien.

On dit rien.

Cette fois-là c'est elle qui s'en va.

3 juillet 1986

    Tu viens de partir de la maison.

    Tu ne retourneras pas à l'école à l'automne. Tu t'es acheté un aller simple pour l'Europe avec les économies que tu as faites en travaillant au bar du village. Tu ne me reviendras pas.

    Tes frères ne tarderont pas. Vous finirez tous par partir, par trouver un autre bout du monde où le temps avance dans la bonne direction.

    J'ai peur pour toi, un peu. J'ai peur que le monde ne soit pas prêt pour toi. Je t'ai regardée partir et j'ai su à l'instant où tu mettais le pied sur la marche de l'autobus que tu n'arrêterais pas. Que tu avais un souffle dans la poitrine qui avait besoin d'être assouvi. Un besoin de mouvement qui te grugeait depuis toujours. Peut-être l'as-tu découvert à ce moment-là, toi aussi. Peut-être as-tu su en t'assoyant sur le banc avec ton sac à dos que tu ne reviendrais pas de sitôt. Que la vie n'avait rien de prévu pour toi ici. Pour nous ici. Je t'imagine te perdre dans la foule, grande, calme. Tu t'insères dans un moule qui, tu sais, ne te ressemble pas. Une vie qui ne pourra te retenir puisqu'elle ne sera pas la tienne.

    Je t'imagine t'endormir seule. Un vieux ventilateur rouillé tournant au plafond. La lune entre les rideaux diaphanes. Je partirai moi aussi. Tu verras. Peut-être nous croiserons-nous sur des routes inconnues.

J'AI TREIZE ANS. Ma mère couchée sur le plancher entre deux rangées à l'épicerie. Au Honduras, je crois. Ça a pas vraiment d'importance. Il fait chaud, mon chandail me colle au corps. On était juste venues chercher de quoi souper.

Je m'approche d'elle. Doucement pour pas l'effrayer. Je lui demande ce qu'elle fait.

— Je réfléchis.

Une cliente essaie de l'éviter avec son panier. Finit par virer de bord en fixant ma mère, l'air de la trouver folle.

— Essaie, tu vas voir. On pense mieux par terre.

Ma mère tapote le plancher à côté d'elle. Je la rejoins. La tuile tiède me fait du bien. Je fixe le plafond haut. Un oiseau vert est perché sur une des poutres.

— À quoi tu réfléchis ?

J'ai peur de sa réponse. Elle me dit qu'elle pense à la vie. À quel point tout nous ramène toujours.

Elle pense à l'Islande. Elle nous y a jamais emmenées, mais elle pense tout le temps à y retourner. Comme un drôle de souvenir flou. Une espèce d'impossible lointain.

Une falaise de laquelle se jeter.

Elle me dit qu'un jour elle avait trouvé la falaise parfaite d'où se jeter. Là-bas, en Islande. Elle s'était perdue ou quelque chose du genre, se cherchait une place pour dormir. Elle était tombée sur un tout petit village. En haut d'une colline, les deux pieds devant l'infini. Le vent la tirait dans le vide. L'océan s'écrasait en bas. Mais elle avait pas sauté.

Elle avait pas sauté parce qu'elle était enceinte de moi.

Sur le plancher de l'épicerie j'ai envie de pleurer. Ma mère cale sa tête sur mon épaule. Je pleure pas. Je suis plus forte que ça. J'ai treize ans. Tellement plus forte que ça. On reste là jusqu'à ce qu'un commis vienne nous dire qu'on bloque le chemin. On bloque l'espace. *Por favor levántate, estás bloqueando el espacio.*

À treize ans je me disais que je l'avais sauvée. Ma mère. Je regardais Anaïs et je me disais que je l'avais sauvée. Que des entrailles de ma mère je nous avais toutes sauvées.

Aujourd'hui j'en suis pas si sûre. Aujourd'hui j'ai un goût amer dans la bouche quand j'y repense. J'ai frette à la colonne quand j'y repense.

Je me dis que c'est là probablement là qu'est né le trou dans mon ventre.

D'où tout nous ramène toujours.

JE SAIS PAS CE QUE JE PEUX FAIRE DE PLUS. Je voudrais faire sa révolution, le ménage, secouer le monde autour d'elle pour qu'il se bouge. À la place je serre ma grand-mère perdue contre mon cœur, plante mes ongles dans la couverture ondulée.

•

20 mars 1990

Arthur n'est pas rentré. Il est parti en mer et elle l'a avalé.

Je ne sais pas comment me sentir. Suis-je triste ? Soulagée ? Perdue ? Je suis vide. Simplement vide. Il a disparu. Il va falloir que j'appelle les enfants, que j'appelle tout le monde. Mais faut-il absolument pleurer l'homme qui n'a jamais été là ? L'homme qui passait la porte, encore et encore. L'homme qui sentait le sel et les algues, le sang et les entrailles de poisson. Le vent avait grugé ses joues, creusé ses mains. Ses mains creuses et raides.

J'espère, ma fille, que des mains tendres se posent sur toi.

Je ne suis pas triste. La vie va continuer et nous irons bien.

ÇA COGNE À LA PORTE. J'ouvre les yeux en me demandant quelle heure il est. Quel jour on est. Je m'enfarge dans les bouteilles vides au pied du lit en me levant. Ma tête est un chantier de construction. Mon corps décide de pas répondre et de se rendormir.

La porte pas barrée grince sur ses gonds. Je fronce les sourcils pour que mes yeux fassent le focus.

— Allô ?

Marie. Shit.

Je vérifie que je suis habillée et je m'assois dans le lit, le cœur dans la flotte. Marie s'avance dans le salon. Son regard glisse des cahiers noirs éparpillés dans un coin à mon linge sale en tas sous la fenêtre aux restes de bouffe, pour finir sur ma face qui tire par en bas.

— J'pensais que t'étais partie sans rien dire.

Ses lèvres serrées.

— S'cuse.

Ma voix de crapaud.

On reste un moment sans parler. Marie s'approche, s'assoit et place mes cheveux derrière mon oreille. Puis elle pose sa main sur ma cuisse. Sans rien dire. Sa main chaude flatte ma peau nue et elle laisse échapper un sanglot.

Je la laisse pleurer. Je réalise à quel point je l'aime. À quel point c'est une fée. Je revois ma mère la sacrer dehors mille et une fois. *Mêle-toi de tes affaires, Marie, esti.* Mais la lasagne qu'elle laissait sur la galerie quand même et Claudine de la DPJ qui se pointait quelques heures plus tard pour vérifier que tout était correct. Et Marie revenait toujours. Elle revenait toujours.

Elle renifle, me regarde.

— C'est pas toi, tu l'sais ça, hein ? C'est pas ta faute rien de tout ça.

Non. Mes ongles s'enfoncent dans mes paumes.

— Non, Marie, c'est ma faute. D'être partie. D'avoir laissé Anaïs derrière. D'avoir laissé ma mère derrière. D'avoir toute laissé. J'suis revenue trop tard, Marie. Tellement trop tard. J'suis revenue pour trouver rien, personne. Des fois je me dis que c'est ça qu'elle voulait. Qu'on revienne. Mais à quoi ça sert ? À quoi ça sert esti, à quoi ça sert s'il reste plus rien, si tout le monde est parti pis qu'on arrive toujours trop tard ? Je cours après du vide depuis des années, j'me sauve d'elle parce que je veux pas devenir pareil mais plus ça va plus j'me dis que j'peux pas y échapper. Que toute va nous ramener ici pareil dans cette esti de maison où toute résonne trop fort pis où il est toujours trop tard.

Je remonte mes genoux sous mon menton. La poitrine dans un tuyau trop serré.

— J'suis brisée, Marie. J'ai envie de courir mais je sais pu comment, de sacrer des coups de poing dans les murs mais je sais pu comment, de crier mais je sais pu comment. Quand je crois que ça va mieux, ça recommence à aller mal. Y'a toujours quelque chose qui brise plus creux ou qui me pousse à m'enfuir.

Je voudrais qu'elle me serre. Au complet, qu'elle me tienne pour pas que je meure. Et j'éclate. Le vent se casse dans les vitres et je pleure jusqu'à avoir plus rien. Plus rien en dedans plus rien dehors. Marie enfonce ses ongles dans mon genou et on sanglote à en perdre le souffle.

J'ai l'impression qu'on pleure pendant des jours. Marie finit par se calmer. Ça me calme un peu aussi. Je regarde un moment dans le vide pendant qu'elle trouve les mots.

— Ça va r'venir, inquiète-toi pas. Vivre c'est comme le vélo. Ça revient toujours.

Je lâche un rire au travers de mon visage mouillé. Elle me sourit, dépose sa tête de nuage sur mon épaule.

— On va essayer de faire ça mieux, OK ? De faire ça toutes ensemble cette fois-là.

Ouais, Marie. OK.

Rebriser les os.

DÉCEMBRE JANVIER FÉVRIER

30 août 1990

Ça y est. Ton plus jeune frère est parti de la maison. Il ira à l'université à Halifax pour les prochaines années. Tes autres frères sont déjà à Montréal et en Saskatchewan. Je suis seule. Je fais mes valises. Mon billet d'avion est déjà acheté. Je pars. En douce, sans avertir personne. Je te l'écris à toi, mais tu n'en sauras rien avant quelques années encore.

Bientôt je serai ensevelie sous les aurores boréales. J'aurai loué une voiture et parcouru la moitié de mon île déjà. Je serai à l'autre bout du monde déjà. Je serai grande. Je serai immense.

Je n'emporte presque rien. L'essentiel. Quelques vêtements chauds, une photo de vos visages, un poème que tu avais laissé sur ta commode.

Je serai grande et immense. Une déesse. Tu sais que je t'ai donné un nom de déesse ? C'était le nom de ta tante, ma mère ne cessait de parler d'elle. Frida. Fríða. Déesse scandinave de la guerre, du sexe et de la beauté. Tu as toujours détesté ce nom, mais je trouve que ça te va bien.

PREMIÈRE NEIGE. LA PREMIÈRE VRAIE. J'ai froid aux os. Les souliers dans l'herbe qui craque. Sa tombe dans le vent. La colline balayée par le fleuve. Le bleu foncé du ciel coule même couleur dans les vagues. Ma mère dans le Saint-Laurent. Ma mère en sirène. En baleine à bosse. En petit rorqual. C'est une belle place pour être morte. Pour prendre soin de ses fantômes. J'ai pas apporté de fleurs ou préparé de mot. Rien. C'est sa fête aujourd'hui. Je m'assois contre la pierre gelée. Je lui raconte que j'ai rêvé à nous en bateau. Elle grand-mère et moi. On était au milieu de nulle part sur une mer infinie, mais c'était correct. On savait que la côte était tout près. Je lui demande pourquoi on parle aux morts. C'est pas comme s'ils allaient répondre.

les pieds glacés et la mer qui s'en va

rentrer à la maison

*les directions écrites sur une carte
des marées*

JE PARS. Pas pour toujours, mais je pars.

Je suis les femmes devant moi. Je vais à leur recherche. À leur rencontre. Ma grand-mère aventureuse ma mère vagabonde. Mes insoumises. Je me sauve, dans tous les sens.

J'ai fait le ménage. Dans la maison dans mes affaires. Dans ma tête. Tranquillement pas vite. Paqueté mes sacs, avec les derniers cahiers que j'avais pas encore lus. Ramassé les corps morts. Tout ce qui commençait à pourrir. J'ai sacré ça aux vidanges, avec tout le reste. J'ai ouvert les fenêtres.

Je brûle d'un feu que je me connais pas. Je suis une autre fille. Mon aller simple Québec-Reykjavik est booké : départ demain 14 heures. Je post sur Facebook une annonce pour sous-louer mon appart à Montréal. Une fille me répond presque instantanément. *Libre pour combien de temps ?* Incertain.

Je passe au magasin de chasse et pêche m'acheter des chandails en polar, des pantalons de pluie, des bottes de marche. J'ai frette au nord sauvage.

Avant de virer de bord j'arrête chez Chloé. Je cogne à la porte. Elle ouvre, pas surprise de me voir. Son visage d'oiseau. J'ai envie de glisser derrière son oreille la mèche rousse qui s'accroche à sa joue.

— J'm'en vais. J'm'en vais, mais je reviens promis. Promis. Je reviens pis ça va aller mieux. J'te jure.

Je l'embrasse. Lui laisse pas le temps de répondre, de m'attraper. Je remonte sur mon vélo, propulsée par le souffle qui me garde depuis le matin. Je pédale dans la brume et je vois clair. À la maison je laisse mon bécycle en bas des marches de la galerie, attrape mon sac. Barre pas la porte.

J'espère pas manquer d'air.

J'ATTENDS QU'ON APPELLE mon boarding group. Le souffle pris dans la gorge. J'ai appelé Ana tantôt pour lui dire que je partais. C'était triste. Elle a pleuré. Il a fallu que je lui explique. J'ai les mots croches encore mais il faut que je fasse ça, Ana. Il faut que je fasse ça pour moi. Il faut que je parte si je veux revenir. Y'a des cahiers, Ana, grand-mère, toute sa vie, il faut que tu reviennes à la maison pour les voir, il faut qu'on revienne toutes, on va toutes revenir, Claire Frida toi Marie moi, y faut qu'on existe ensemble quelque part à un moment donné, il faut que j'aille voir là-bas, tu liras les cahiers pis on reviendra ensemble, OK ? Je sais j'aurais dû te le dire avant j'm'excuse, faut que j'y aille là, mais on revient ensemble, j'te laisse, faut que j'y aille.

Elle a raccroché, étourdie, en me souhaitant bon voyage avec sa voix qui tremblait.

Je comprends maintenant pourquoi ma mère nous trimballait partout où elle allait.

C'est dur de nous laisser derrière.

•

Le ciel sous les ailes. Grand et blanc. J'enfile deux films idiots. Je me commande trois gins toniques pour m'assommer et je finis juste par avoir mal au cœur. Ma nervosité s'entend presque.

Autour de moi une famille avec des enfants blonds bruyants retourne à la maison. Un couple avec des appareils photo déjà autour du cou s'énerve d'avoir hâte d'arriver. Une vieille madame cogne des clous sur l'épaule de son vieux monsieur. Sa main translucide dans la sienne. Ses veines de rivières fatiguées au chaud dans sa paume rugueuse.

La tête dans le hublot. Le corps nulle part. Entre ici et là-bas. Le vol me semble interminable. J'en peux plus d'attendre. Je veux me projeter dans le paysage.

Trouver la falaise.

2 septembre 1990

Ce ne sont pas des choses qui s'inventent. Ce feu, cette fougue. Je me sens rebelle et en vie. Est-ce comme ça que tu te sens tous les jours ? Comme c'est exaltant, cette fuite vers l'avant.

J'aimerais que ça ne s'arrête jamais.

L'ISLANDE.

Le silence plus grand qu'ailleurs. Le ciel avale les avions qui décollent autour. Mon sac à dos léger. Les riens qui me transportent.

Je débarque sous la pluie froide, dans un flot de gens qui savent où ils vont. Tous prennent l'autobus direction centre-ville qui attend devant l'aéroport. Je suis le mouvement. Je suis les gens qui savent où ils vont. Je choisis un siège près de la vitre. Les grands espaces défilent, indomptés jusqu'à la ville.

Reykjavik la grande. Reykjavik de Vikings et de sel.

Je me demande si elles ont pris l'autobus, elles aussi. Si elles avaient frette aux mains, elles aussi. Si elles avaient un feu dans le ventre, elles aussi. Ma grand-mère devant avec ma mère et moi dans leur sillage. Les plaines sauvages brunes et vertes me rappellent la Gaspésie après un hiver triste. L'Océan à ma gauche.

Les cahiers tirent à leur fin. J'entame le dernier.

•

5 septembre 1990

Je prends racine. Oh comme tu aimerais ici. L'air est grand et ne finit jamais. Le vent me pousse et je le laisse me pousser. J'ai pris la route, la Ring Road, celle qui fait le tour de l'île. Une grand-rue infinie. Je ferai le tour de l'île sans cesse, jusqu'à ce que j'y meure. Jusqu'à ce que les chevaux sauvages m'adoptent et que la neige se souvienne de moi.

Je crois que je suis ici pour rester. Je crois que je vais cesser de t'écrire bientôt. Les mots n'arrivent pas assez à dire. Je n'en trouve pas qui égalent ce que j'ai devant les yeux. Il faudra que tu viennes voir par toi-même. Tout est plus lent, contemplatif. Les montagnes sont douces et abruptes à la fois. Les tourbières et les champs de roches. Chaque tournant est plus grandiose que le dernier.

Personne ne me connaît ici. Je suis une étrangère parmi d'autres. Ça me fait du bien. Je m'invente des noms et des vies chaque jour. Je suis interchangeable.

Reykjavik s'endort entre l'Océan et les montagnes. Les petites maisons bien rangées. Les toits rouges dans la lumière du jour qui meurt déjà, à peine quelques heures passé midi. L'hiver ici est pendant des mois une longue nuit sans rêve ou presque. Une longue nuit au creux du ventre pour dormir un peu. Pour s'asseoir seule sur sa galerie, une tuque enfoncée sur les oreilles, et se bercer jusqu'au printemps.

Je marche dans les rues vides, une soupe chaude sur le cœur encore. Je marche vers le bord de l'eau, vers la statue du Sun Voyager, où la fille à l'accueil de l'auberge de jeunesse m'a dit qu'on pouvait voir des aurores boréales, les soirs où le ciel le permet. Je marche vers où le noir est plus noir. Elle m'a dit de chercher une sculpture de bateau. C'est supposé être une ode au soleil, une promesse de territoire inconnu.

Je devine le Sun Voyager plus que je le vois, une carcasse de navire, les mâts en forme de panaches de caribou. Son acier est glacé sous ma main. Pour une raison qui m'échappe, j'aime déjà la statue froide. Je m'assois sur le béton au pied de la statue et j'attends les aurores boréales. Une drôle de chaleur dans la poitrine malgré le vent froid qui rentre sous mon linge.

•

Les aurores boréales sont pas venues, mais je suis restée quand même.

je me place en haut de mon corps et j'y reste
je suis le calme et les eaux
percée en mon centre comme un volcan

JE DORS. Des heures et des jours et des heures et des jours encore. Le soleil se lève jamais et moi non plus. Je stagne. Je m'enracine. Dans le dortoir de l'auberge de jeunesse. Je dors pour dessoûler du décalage de ma mère du vent du froid de l'odeur de poisson. Je dors ensevelie sous la terre noire et la lave. Je dors silencieuse insensible aux gens aux saisons qui passent. Je me réveille des fois quand la pluie cogne dans la fenêtre à côté de ma tête, quand un employé de l'auberge vient me secouer pour voir si je suis encore en vie. J'ai perdu la notion du temps de la faim des fuseaux horaires. Je nage dans un sommeil sans rêve, un sommeil de fantôme, jusqu'à me fondre entre les draps. Jusqu'à ce que j'aie assez dormi pour des mois. Des années.

Jusqu'à ce qu'un matin je me lève affamée. Affamée de pain et de bière et de sexe et de bruine sur ma peau.

La douche me fait pleurer. Je m'assois dans le fond, l'eau coule longtemps, délie tout ce qui coinçait.

Les employés de l'auberge se donnent des coups de coude quand je passe. Ils murmurent en islandais. Leur langue comme des chants de sirènes.

Je sors dans la rue en même temps que le soleil qui disparaît à l'horizon. Il a neigé pendant que je dormais. J'ai envie de rire toute seule. Je trouve un petit pub vintage à la mode. Je m'assois au bar. Commande la moitié du menu. Je me fais un festin.

Quelqu'un s'assoit à côté de moi, commande une bière aussi, me salue.

— Hæ.

Je me retourne vers lui. Vers son sourire et sa bière tendue pour un *chin*. Ses mains de pêcheur. Sa barbe blonde.

— Hey.

— I'm Tómas.

On se serre la main, on trinque. Je lui offre de mes frites. Il me demande ce que je fais ici. Pour combien de temps je suis là. Je lui réponds que je sais rien. Vraiment rien. On rit. Il a les yeux doux. Une voix lente de printemps. Il est de passage. Entre deux jobs, il va retourner chez ses parents vers l'est, pour reprendre la ferme peut-être. Ça l'intéresse pas vraiment. Il voudrait enseigner la philo. Voyager loin. Apprendre l'espagnol. Il aime que je vienne de l'autre côté de l'Océan. Il trouve ça beau. On boit. On rit. Pour tout pour rien. À en avoir mal aux côtes. J'ai mal aux côtes mais j'ai le souffle heureux.

Il repart demain matin et m'offre un lift. Je dis oui.

Je resterai le temps qu'il faudra.

LE SOLEIL EST PAS LEVÉ ENCORE. J'attends Tómas dehors en face de l'auberge. La petite neige fond dans mes cheveux. Un jeep noir s'arrête devant moi. Tómas sort pour m'ouvrir la porte. Son sourire chaud de matin. Les yeux collés. De la musique douce joue dans son char qui sent le café. Il me propose un gigantesque thermos et je me brûle la gorge.

On prend la route. Ana serait pas fière que j'embarque avec un presque inconnu dans son char. Je pense pas que ça aurait vraiment dérangé ma mère. Je me laisse bercer par ses coups de volant, par les virages en serpent. Reykjavik devient une banlieue puis quelques maisons qui s'éloignent de plus en plus avant de s'oublier. Tómas me demande si je veux prendre the long way home. Si je veux voir du pays. Je lui dis que je suis pas pressée. J'ai tout mon temps.

On roule dans le jour encore noir, en silence et en paix.

Tómas arrête le jeep devant un paysage lunaire. Un volcan seul au monde. Entouré de neige et de roche noire. Le soleil se lève rose derrière.

Il me fait signe de le suivre. J'enfonce ma tuque sur mes oreilles déjà froides, me moule à la lumière. La montée est tranquille, la vue immense. J'ai l'impression d'être avalée par le paysage, d'en faire partie. On est deux astronautes sur le petit sentier. Tómas avance plus vite que moi. Il atteint le sommet du volcan endormi. Je m'arrête pour respirer l'ampleur de la beauté. Seuls au monde dans les quelques heures de soleil du jour.

•

En redescendant je demande à Tómas si on peut rester pour attendre les aurores boréales. Il sort un attirail de camping, met de l'eau à bouillir pour du café. Il me parle de sa mère. De ses grands silences et des berceuses qu'elle lui chantait. Il me parle de ses grands-parents qui s'occupent encore de leur élevage de chevaux, refusent de se reposer. Il croit qu'ils ont peur d'être inutiles, d'avoir rien d'autre à faire que de se laisser mourir doucement.

Le soleil se couche sans effusion. Comme un soupir fatigué.

On reste à frissonner, assis dans le coffre du jeep. J'attends les aurores boréales. Nos corps se touchent dans le noir. Son odeur salée froide. Je m'endors sur son épaule.

Comme une sœur comme un frère.

DOUZE AOÛT, LES PERSÉIDES. Des poussières de la queue d'une comète qui brûlent en entrant dans l'atmosphère terrestre.

J'ai sept ou huit ans. On a dû revenir de l'Europe parce que ma mère s'est fait renvoyer de sa job de serveuse. C'est pas la première fois que ça arrive. On a jamais su pourquoi. Son chum français nous a suivies jusqu'en Gaspésie. Il sent le pain et il s'est acheté un pickup, pour faire comme tout le monde.

On est couchés les quatre dans la benne du camion, avec nos couettes et nos oreillers. On guette le ciel pour les étoiles filantes. Ma mère fredonne *Tiny Dancer*. C'est sa toune préférée je pense, mais elle connaît les paroles qu'à moitié.

Hold me closer, tiny dancer. Elle hurle presque rendue au refrain, le seul bout qu'elle sait. Elle rit en se tortillant dans les couvertes pour nous attraper, nous serrer tellement fort que ça fait mal un peu. On pointe le doigt en criant quand une étoile passe. Une autre. Une autre encore. Ana les voit jamais. Elle a pas les yeux assez rapides. Ana regarde jamais le bon coin de ciel. Ça la fâche et elle arrête pas de chialer.

— Voyons, Ana, c'est pas grave. Le ciel est ben trop grand de toute façon. Tu peux pas toute guetter en même temps.

Moi je suis en paix. Je pogne pas toutes les étoiles filantes, mais ça va.

Tu peux pas guetter tout le ciel en même temps.

•

Tómas me réveille d'un coup de coude. Le ciel ondule de vert et de mauve autour du volcan.

Je saute du jeep. Le sourire de Tómas rencontre le mien. Un rire au fond de la gorge. Il se lève, attrape ma taille et m'entraîne vers son corps. On danse sous le ciel un moment tellement long que les ombres nous oublient.

j'ai cherché une carte des étoiles
j'ai trouvé un reflet dans le miroir
ce n'était pas le mien
mais presque

UNE PANCARTE SUR LE BORD de la route annonce
Vík – 5 kilomètres.
Je dis à Tómas qu'il peut me déposer là.

•

8 janvier 1991

*J'ai fait le tour de l'île trois fois maintenant. À la
recherche du village où je suis née. J'ai su son nom
un jour, mais je l'ai oublié. Je cherche un espace où
je respirerai mieux que n'importe où, où les esprits
et les renards gris m'accueilleront comme une vieille
amie. J'ai fait le tour de l'île trois fois et je n'ai pas
encore trouvé. Mais ce matin je me suis arrêtée à Vík
et quand le soleil s'est levé sur la plage de sable noir,
j'ai su que je devais rester ici. Avant de rentrer au
village, j'ai escaladé la falaise et j'ai sondé l'horizon.
J'ignore où tu es dans le monde, mais à cet instant-là
je t'ai sentie, comme transportée à tes côtés. J'ai tenu
ta main devant le nuage de tempête qui se dirigeait
vers la côte. Ça m'a fait un bien fou.*

*Au village j'ai pris une chambre dans la grande
maison d'une dame. Elle est plus vieille que moi qui
suis déjà vieille. Je fais le ménage et elle me laisse
rester pour presque rien. Son mari est aveugle et ses
fils travaillent sur des bateaux. J'ai eu une pensée
pour Arthur. Elle est passée vite.*

Je me plante ici pour l'hiver.

debout sur la côte je crois t'apercevoir
derrière le Groenland et la mer du
Labrador et Terre-Neuve je crois
apercevoir ton ombre qui bouge ou
est-ce un reflet des vagues

Vík. Je me plante ici pour l'hiver. Je me plante dans le sol déjà gelé. J'espère que mes racines vont savoir trouver, qu'elles vont prendre.

Tómas m'a embrassée sur le dessus de la tête avant de me laisser au centre du village, qui doit compter en tout six rues. Il m'a souhaité la meilleure des chances dans *whatever I was looking for.* J'ai répondu que la danse sous les aurores était magnifique, que j'aurais voulu qu'elle se termine jamais.

Après, j'ai cogné aux portes des commerces, savoir si quelqu'un cherchait quelqu'un. La boulangère m'a envoyée sur le dessus de la colline, voir Steinunn et Sigurdur, peut-être.

Steinunn m'a ouvert la porte, a pris mes mains froides dans les siennes, douces et chaudes. Une tresse grise descend jusqu'à ses fesses. Elle m'a demandé si je connaissais quelque chose aux moutons. J'ai éclaté de rire. Non. Rien pantoute. Elle a ri. C'est pas grave c'est pas grave. On a ri ensemble. Je suis entrée chez eux.

•

Steinunn et Sigurdur ont cent cinquante moutons. Une grande ferme en bois pour les garder l'hiver. Au printemps ils ouvrent les portes, laissent les moutons libres tout l'été dans les plaines aux alentours. Ils se reproduisent, font le plein de grands espaces. Et il faut aller les chercher à l'automne pour les rentrer dans la grange et les garder jusqu'au printemps. Et recommencer. Recommencer toujours.

J'ALLUME DES FEUX DANS LE FOYER pour Steinunn et j'aide Sigurdur à rentrer du bois, à nourrir les bêtes. Il me montre comment réparer ce qui est brisé dans la maison. On mange à table les trois tous les soirs et ils racontent des histoires du village. Parfois en anglais parfois en islandais.

Je profite des quelques heures de lumière pour sortir le vieux vélo rouillé que Steinunn prête aux voyageurs qui s'arrêtent chez eux. Je dérape jusqu'en bas de la côte et je vais voir l'Océan mourir sur la plage. Je m'assois dans les cavernes qui sentent les tempêtes. Parfois j'imagine que j'entends le vent chanter dans une langue étrange.

J'apprends les collines autour. Je nomme les rochers et les oiseaux. Les phoques remarquent à peine que je suis là. Et les falaises. Les falaises. Dramatiques et grandioses. Elles s'écrasent contre les vagues en bas. Je laisse les heures me passer dessus.

Je rentre quand la nuit tombe vers 15 heures et je guette les aurores boréales depuis la fenêtre.

L'HIVER EST LONG ET NOIR ICI. Je pense à ma mère seule ici. À ma grand-mère seule ici. À Chloé à Marie à Ana, vivantes. À moi qui les ramène toutes. Seules sur la falaise. Le souffle coupé par le vide. La nuit immense autour. Je devine le monde plus que je le vois. Avalée par tout ce qui est immobile et calme. Je sens quelque chose craquer dans mon ventre.

LES JOURS LES PLUS COURTS. Tout juste avant le solstice d'hiver et Noël.

Steinunn veut savoir si je passe les fêtes avec eux. J'hésite. Est-ce que ça dérangerait ? *Not at all, love. Not at all.*

On boit du vin rouge et Steinunn me demande ce que je fais ici toute seule, entre deux saisons. C'est peut-être le vin ou les veines fragiles sous sa peau, mais je me mets à leur raconter ma mère et les sirènes et la maison dans la crique et les fantômes et les cahiers dans la garde-robe et l'Islande et ma grand-mère dans sa tempête.

Steinunn verse une larme dans sa serviette de table. Elle me dit qu'elle pleure toujours quand c'est trop beau. Quand c'est trop triste.

Je lui renvoie un drôle de sourire.

•

Dans mon lit après j'arrive pas à dormir. La maison grince et craque comme un vieux bateau. Mon lit tangue, pris dans les vagues. Mon corps un bateau dans le lit qui tangue. Le vin rouge les dents bleues. Les couvertes rugueuses me donnent froid. J'entends la voix de Chloé. Son sourire de renarde, sa face entre mes cuisses. Chloé dans la lune, ses sous-vêtements dans le sable mouillé. Son odeur de sel et de whisky. Son odeur de maison. Chloé toutes fenêtres ouvertes. Chloé sortie de secours. Chloé dans le creux humide et caché. Là où c'est tellement beau que ça donne envie de pleurer.

Je me guide avec ce qu'il me reste de sa voix qui casse, me touche par-dessus les couvertes. Je la trouve, je la serre.

Chloé,

Quand je vais revenir, je vais t'écrire des poèmes de renarde et te les lire en dessous de la fenêtre ouverte, une bouteille de rouge entre les cuisses. Je vais embrasser tes dents bleues, la neige dans tes cils. Chloé j'ai le corps de l'autre bord du monde, mais j'aurais envie de m'endormir entre tes seins. Cachée crevée au fond de toi. Je vais dessiner des cartes de tes taches de rousseur, les encadrer dans la cage d'escalier. Question de toujours savoir le chemin quand on va monter se coucher. Je retourne à mes grands espaces. Garde le fleuve pour moi.

V.

20 décembre 1991

Je rentre en Gaspésie. Pour quelques semaines seulement, pour Noël et le Jour de l'An. Ça m'attriste un peu de m'arracher à mon île, mais vous me manquez. Tes frères font le voyage de la Saskatchewan et de la Nouvelle-Écosse. Daniel n'a pas cessé de m'écrire depuis que je suis partie. Il est déjà à la maison.

J'ai tenté de te joindre, mais je ne sais pas où tu es. Ça me réveille la nuit, quelquefois. Je m'assois dans le lit, prise d'une angoisse folle de ne pas savoir. Ne pas savoir comment tu vas. Avec qui, où tu vas. Je t'en veux souvent d'être partie sans regarder derrière. Je t'en veux et puis je me regarde, assise sur le lit dans une maison étrangère sur une île lointaine, et je me dis que nous ne sommes au final pas très différentes.

•

En lisant ça j'appelle Ana. J'appelle Marie. Je leur dis que je vais bien. J'essaie de rattraper les mois, les années de silence.

LES FÊTES PRÈS DES FALAISES. Je suis pas rentrée en Gaspésie. J'ai pas fini d'être ici.

Les enfants et les petits-enfants de Steinunn et Sigurdur passent et s'en vont. On mange, on boit. On me parle. Steinunn prend ma main souvent. Pour rien. Juste pour prendre ma main. Sa main douce comme des matins de pluie.

La neige tombe dehors et on me demande ce que je fais là.

Je cherche ma mère ma grand-mère ma galaxie de femmes. Éparpillées dans le monde, j'essaie de les retracer.

Entre les partys d'une famille qui est pas la mienne je sors retrouver les falaises. Dans le vent qui tremble je monte la colline dans le noir. Mes bottes glissent dans le sentier que j'ai fini par tracer à force de venir ici. Arrivée en haut j'écarte grand les bras. Le souffle coupé par le vide je joue à pas tomber.

J'ai que moi à sauver.

la plus belle falaise d'Islande
une main sur la barrière

15 mars 1992

Les eaux sont déchaînées comme j'aime. C'est la première vraie tempête du printemps. Il me semble que chaque année elle arrive plus tôt. Je suis assise dans ma chaise berçante sur la galerie devant le fleuve. Je le regarde, calme face à sa furie.

Je ne suis pas encore repartie. Je ne sais pas ce qui me retient. J'ai dit à mon île de m'attendre en la quittant. Je lui ai dit que je ne serais pas longue à revenir. Mais tout de même, assise ici dans la maison où j'ai grandi, je retrouve un peu de ce qui m'avait manqué. Un sentiment d'appartenir à quelque part, je crois. Je te souhaite un jour de te sentir comme je me sens en cet instant. En paix. Le vent me décoiffe et fait raidir mes mains. J'accueille tout, les yeux fermés. Les vagues s'écrasent contre les rochers de la crique en grandes éclaboussures d'écume. Les mouettes qui sont revenues la semaine dernière ont déserté. Il n'y a que moi et les éléments et il me revient à l'esprit un air que je croyais avoir oublié. Une berceuse en islandais que ma mère me chantait quand j'étais petite. Combien de fois ai-je cherché les paroles pour vous les chanter. Jamais les mots ne sont venus. Et à cet instant ils affluent dans ma tête comme s'ils y avaient toujours été. Comme s'ils ne m'avaient jamais vraiment quittée.

Bí, bí og blaka álftirnar kvaka.
Ég læt sem ég sofi en samt mun ég vaka.
Bíum, bíum, bamba, börnin litlu ramba
fram á fjallakamba ad leita sér lamba.

Je te la chanterai quand tu reviendras. Si tu reviens.
Je l'écris ici pour ne pas que j'oublie. J'ai

•

C'est tout. Arrêt cardiaque. Paraît que ça court dans la famille. Paraît qu'on a le cœur fragile.

J'ai envie de finir son journal. De raconter comment ma mère arrive quelques heures plus tard pour lui dire qu'elle est enceinte de moi. J'ai envie de la sauver pour que ce moment existe. Que ma grand-mère retrouve sa fille. Qu'on se retrouve toutes. Mais c'est trop tard.

Les femmes de ma vie. On se succède sans se voir, comme des ombres qui courent devant les miroirs, sacrent des coups de poing dedans et continuent leur route pour voir le monde.

un pied dans le vide

LE CIEL ME COULE DESSUS au bord de la falaise. Je marche avec mes fantômes, leur raconte mes journées. Mes journées qui se résument à monter la colline et à nourrir mes moutons.

Certains soirs Steinunn et moi on s'assoit près du feu et elle me raconte des histoires de l'Islande, des histoires de magie et de renards qui volent les bébés dans leurs berceaux. Des histoires d'esprits d'enfants qui attendent les voyageurs dans les caves sur les plages de Vík, les attirent avec des chansons. J'en ai des frissons dans le dos et je me couche frigorifiée.

Je rêve à ma grand-mère souvent. À ma mère parfois. Le même visage aux cheveux qui noircissent. Ma grand-mère blonde ma mère châtaine et moi corbeau. Comme si la lumière nous quittait peu à peu. Comme si on cherchait à se fondre avec les plages de Vík. À disparaître dans les cavernes.

ég læt sem ég sofi en samt mun ég vaka
je prétends que je dors, mais je veille encore

MARS

LE SANG ME REVIENT DANS LE CORPS. Le soleil étire les jours et Sigurdur prépare les moutons pour la plaine. Il les laisse partir dès que la neige se disperse. Je l'aide pour la tonte.

Sigurdur et moi travaillons en silence. On s'entend bien là-dessus.

Des fois je descends au village chercher du lait et des œufs et des pâtisseries. Les gens me saluent et ça va.

Le vent est de plus en plus tendre. Les nuits moins longues. J'arrive à fermer les yeux et à ne plus mourir de froid.

C'est le printemps.

les murs sont tombés
je suis vaste et triste et pleine et dans
les quelques heures du jour le monde me
glisse dessus
comme une pluie
comme un soleil
et je suis vaste et pleine

STEINUNN PRÉPARE LE SOUPER et je la regarde faire, accoudée au comptoir. Elle me parle en glissant par-ci par-là des mots islandais. Chaque fois elle s'arrête pour voir si j'ai compris et reprend sa conversation solitaire, les yeux souriants.

J'aimerais être une mère comme elle. Vivante et calme. Douce et fougueuse comme un matin d'hiver. Comme un béluga qui remonte le fjord et qui rentre à la maison.

Steinunn me tend une carotte à éplucher. S'attaque à une morue que Sigurdur a pêchée ce matin. Et elle me parle de la rivière, de ses sœurs et elle qui allaient y capturer des grenouilles et de son frère qui avait failli s'y noyer. Une longue mèche grise s'échappe de sa tresse, lui glisse sur le visage. Elle essaie de la replacer avec son bras, ses mains sales occupées avec le poisson. Je m'approche et la replace pour elle.

— Oh thanks, love.

Elle s'arrête un instant, me regarde, la tête penchée comme un oiseau.

— It's really good to have you here.

Et alors que toutes les fissures de ma façade me crient de courir, je reste bien assise. Assise sur ma chaise, le corps ancré comme un bateau dans la tempête.

— Yes, it's really good to be here.

Steinunn et moi, on se sourit et j'ai une fulgurante envie de pleurer de joie et de peine, et de rage, mais surtout de joie.

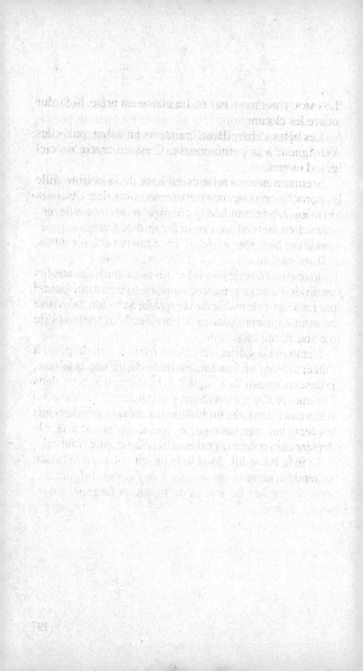

LES MOUTONS SONT PRÊTS. La plaine est prête. Sigurdur ouvre les clôtures.

Les bêtes s'éparpillent, craintives au début, puis elles s'éloignent à la petite course. C'est un matin de ciel grand ouvert.

Steinunn nous a rejoints en haut de la colline. Elle s'approche en douceur et glisse son bras dans le creux du mien. Les herbes hautes me piquent au travers de mes jeans. J'entends au loin la marée qui monte.

Allt er í lagi. Tout va bien. C'est Steinunn qui m'a appris. Tout va bien.

Je respire comme j'avais pas respiré depuis des années on dirait. Le trou dans mon ventre s'est endormi. Calmé par les longues nuits. Je me dégage de Steinunn, m'excuse en pointant mon index vers l'horizon. *Kletturinn.* Elle me sourit, me laisse aller.

J'embarque sur le vieux vélo rouillé, pédale jusqu'à l'Océan. Mais au lieu de prendre le chemin de la falaise, je descends jusqu'aux vagues. Le sable noir se jette dans l'écume. Je laisse le vélo dans le bosquet et je m'avance sur la plage dans une drôle de lumière qui flotte. J'entends les fées dans ma caverne. Je sors de mon sac à dos le dernier cahier de ma grand-mère. Son dernier journal.

Et je la laisse ici. Au milieu de cet antre qui la faisait se sentir vivante.

Il est temps que je rentre.

STEINUNN VERSE UNE LARME quand je lui annonce que j'ai booké un billet d'avion. Sigurdur est triste, mais dit pas qu'il est triste. Lui et moi on sait. Steinunn me tient la main plus souvent que d'habitude.

Mes adieux aux falaises. Gardez l'horizon, mes belles. Je m'en vais, mais cette fois c'est pas pour fuir. Je crois. Demain, je rentre à la maison. Je retourne la réapprivoiser. Les sourires croches et les skidoos et les murs qui craquent. Je rentre plus calme. Plus grande. L'échine au large la tête vers le ciel. Le dos léger. J'ai hâte au Saint-Laurent, hâte à Ana, à Marie, à Chloé.

Hâte aux femmes de ma vie.

LES FEMMES DE SA VIE. Les femmes de la mienne. Je tiens serrée l'urne où Frida repose, un de ses poèmes qu'elle a gribouillé au dos d'une liste d'épicerie caché dans ma poche. Je crois que c'est le dernier qu'elle a jamais écrit. Je trouve qu'il parle bien d'elle.

De nous.

> nous sommes trois
> frida du ciel reine des cieux
> frida de la terre debout sur le rocher blanc
> et moi frida de l'eau fille de déesses et mère de miracles

Ma mère en poussière.

J'enlève mes souliers. La main de Chloé dans mon dos. Je m'avance dans le Saint-Laurent glacial, les fantômes de Frida et de Claire à mes côtés. J'essaie de pas écouter le sang qui s'est arrêté dans mes pieds et on traverse la marée montante comme des rêves.

J'entends Ana qui fredonne une toune que je connais pas, mais qui me rappelle quelque chose. Marie pleure discrètement. Les cendres s'envolent dans le vent du nord, retombent sur les vagues.

Si tout va bien, elles iront faire le tour du monde avant de revenir s'échouer ici.

Où tout nous ramène toujours.

PRIX

Harper Collins POCHE

Le Parisien week-end

DÉCOUVREZ
LA SÉLECTION 2022/2023

Composé et édité par HarperCollins France.

Imprimé en juillet 2022
par CPI Black Print (Barcelone)
en utilisant 100% d'électricité renouvelable.
Dépôt légal : août 2022.

Imprimé en Espagne.